JÉRUSALEM

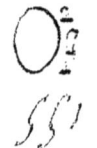

PUBLIÉ PAR LA SOCIÉTÉ DES LIVRES RELIGIEUX
DE TOULOUSE

TOULOUSE — IMP. A. CHAUVIN ET FILS, RUE DES SALENQUES, 28

JÉRUSALEM

PRÉDICTIONS DE L'ÉCRITURE
LEUR ACCOMPLISSEMENT DANS L'HISTOIRE

PAR

Le Rév. Dr PATTON

DE NEW-YORK

TRADUIT LIBREMENT DE L'ANGLAIS

« Jérusalem, Jérusalem, qui tues les prophètes et qui lapides ceux qui te sont envoyés ! Combien de fois ai-je voulu rassembler tes enfants comme une poule rassemble ses poussins sous ses ailes, et vous ne l'avez pas voulu !

Voici, votre demeure va devenir déserte. »

(MATTH., XXIII, 37, 38.)

TOULOUSE
SOCIÉTÉ DES LIVRES RELIGIEUX
DÉPÔT : RUE ROMIGUIÈRES, 7

1877

PRÉFACE DE L'AUTEUR

Un ouvrage sur la ruine de Jérusalem envisagée au point de vue de l'accomplissement des prédictions du Sauveur ne saurait présenter une bien grande originalité. Il ne peut être question ici, soit dans les termes de la prophétie, soit dans le récit des faits qui l'accomplissent, que d'un simple témoignage. En ce qui concerne notamment les détails du siége, c'est aux historiens de cette époque que nous sommes forcés de recourir. Eux seuls peuvent nous dire, avec quelque certitude, ce qui se passa dans ce siége mémorable qui devait consommer la destruction de la ville et du temple, et devenir le tombeau de la nationalité du peuple juif.

Parmi ces historiens, Flavius Josèphe tient le premier rang. Il était lui-même Israélite, pharisien, familier par conséquent avec tout ce qui concernait Jérusalem, et, de plus, versé dans les questions militaires et haut placé dans la confiance de Titus, général en chef

de l'armée romaine. Témoin oculaire, il était en position de bien connaître tous les incidents du siége. Nous
avons fréquemment puisé dans ses écrits. Nous avons
comparé et condensé sa narration de manière à donner
à l'exposition des faits plus de clarté et de concision.
Dans bien des cas, nous avons cité textuellement, mais
le plus souvent nous nous sommes contenté d'un simple
abrégé du récit de l'historien, trop détaillé pour entrer
tout entier dans le cadre d'un ouvrage comme le nôtre.

Nous avons mis largement à contribution l'excellent
livre du Dr Newton, de New-York, sur LES PRO-
PHÈTES. Nous sommes aussi redevable de bien des
faits ou autres précieux documents d'information au
Dr Keith, dans son ouvrage sur LES PROPHÉTIES (1).
Au reste, nous avons butiné librement un peu partout.
L'originalité de cet ouvrage consiste surtout dans le
parti que nous avons tiré des faits et dans les leçons
que nous en avons déduites.

Ce livre a pour but de recommander Christ, le Rédempteur, à la foi et à l'adoration des hommes. Dieu
veuille en accompagner la lecture de ses bénédictions!

W. PATTON.

---

(1) *Les prophéties et leur accomplissement littéral*, par le Dr A. Keith.
Traduit de l'anglais. Toulouse, Société des Livres religieux, 1856.

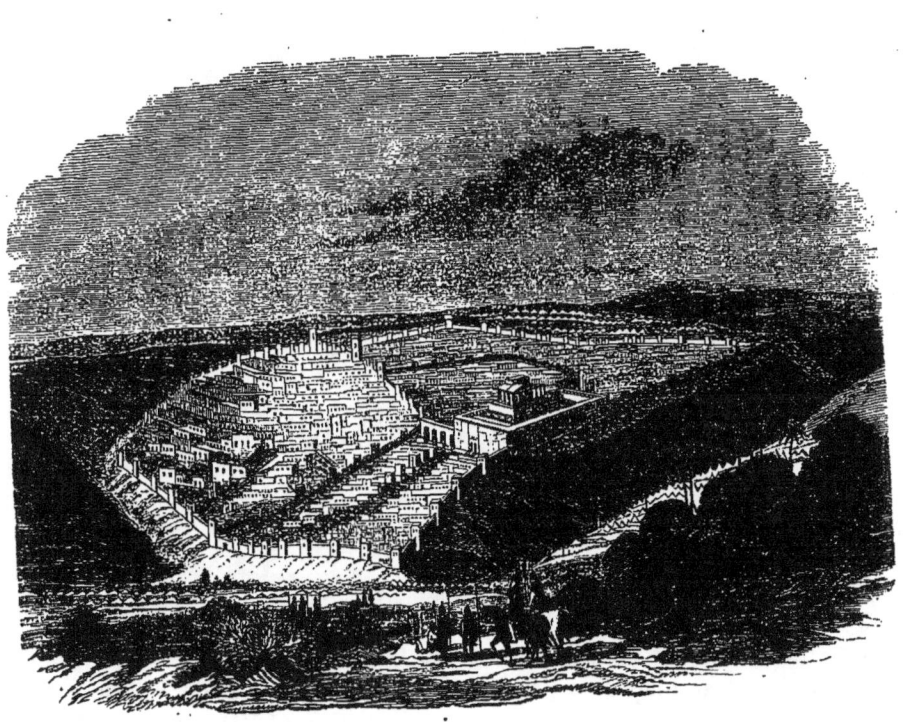

L'ANCIENNE JÉRUSALEM.

JÉRUSALEM

PRÉDICTIONS DE L'ÉCRITURE

LEUR ACCOMPLISSEMENT DANS L'HISTOIRE

CHAPITRE PREMIER

LA VILLE

« Le plus beau lieu du pays, la joie de toute la terre, c'est la montagne de Sion, au fond du septentrion ; c'est la ville du grand Roi. »

Ps. XLVIII, 2.

« Jérusalem, qui es bâtie comme une ville bien unie. »

Ps. CXXII, 3.

Aucun lieu sur la terre n'a été l'objet d'un intérêt aussi puissant et aussi profond que la ville de Jérusalem. Elle n'a pas été seulement le siége des institutions les plus saintes, mais aussi le théâtre des exploits militaires les plus brillants. Dix-sept fois elle a été pillée, et partiellement ou entièrement détruite. Contre elle se sont assemblées les armées des Egyptiens, des Assyriens, des Grecs, des Romains, des Sarrasins et des Croisés. A peine fondée, elle a enregistré dans son histoire des faits mémorables, et, même de nos jours, elle est entourée comme d'un charme sacré. Du temps d'Abraham, elle était la résidence de Melchisédec et portait le nom de Salem. Moïse appelle ce personnage mystérieux « roi de Salem (1). » Ce nom fut plus tard changé en celui de Jérusalem. Josèphe dit que la montagne de Morijah (mentionnée dans Gen., XXII, 2), où Abraham devait offrir Isaac, était celle sur laquelle Salomon bâtit le temple (2). Lorsque Salem tomba aux mains des Jébusiens, elle reçut d'eux le nom de Jébus. Le nom actuel se rencontre pour la première fois dans Josué (3), où Adoni-Tsédek est mentionné comme roi de Jérusalem. Après la mort de Josué, Juda reçut l'ordre de combattre contre les Cananéens (4). Juda et Benjamin s'emparèrent ensemble de Jérusalem et la brûlèrent. D'après Juges, I, 21, « les enfants de Benjamin ne dépossédèrent point les Jébusiens, qui habitaient cette ville. » Ce fait se rapporte à la ville basse et non à la

(1) Gen., XIV, 18.
(2) 2 Chron., III, 1.
(3) Josué, X, 1.
(4) Juges, I, 1-8.

ville haute, qui fut appelée plus tard mont de Sion.

Tant que David régna sur Juda seulement, il habita Hébron ; mais lorsqu'il fut appelé à régner sur toutes les tribus, il conduisit ses forces contre les Jébusiens et conquit le mont de Sion ou la ville haute. Ce fut là qu'il fixa sa résidence ; il l'appela la cité de David. C'est ainsi que Jérusalem passa au pouvoir d'Israël, et devint le centre religieux et la capitale de la nation juive.

A l'époque la plus florissante de son histoire, Jérusalem était divisée en quatre parties bâties sur quatre collines : Sion, Acra, Morijah et Bézétha. Sion était la plus haute ; elle avait deux cents pieds de plus que Morijah. La ville reposait sur un roc élevé, couronné de quatre sommets. De trois côtés il était entouré de vallées profondes. — « Tout autour, » dit le Rév. Dr Edersheim, « et de trois côtés, comme un fossé naturel, s'étendaient les précipices de la vallée de Hinnom et de la vallée Noire ou du Cédron, celle-ci à une profondeur de six cent soixante et dix pieds. Du côté du nord-ouest seulement, la ville était reliée pour ainsi dire à la terre ferme. Un profond ravin, le Tyropœon, la traversait du sud au nord, puis, tournant brusquement à l'ouest, séparait le mont de Sion du mont où s'élevait Acra. Acra, à son tour, était séparée pareillement du mont Morijah, qu'une vallée artificielle séparait lui-même de Bézétha ou la ville neuve. Droit au-dessus de ces vallées sinueuses, s'élevait la cité de marbre et les palais couverts de cèdre. Sur le roc du milieu, au bas de la vallée et sur les pentes des collines, s'étalait la ville bruyante avec ses rues, ses places et ses bazars, tandis que, seul et isolé, se dressait le mont qui portait le temple. »

En dehors et au delà des murailles s'élevaient des montagnes plus hautes encore. De là le langage descriptif du Roi-Prophète : « Le plus beau lieu du pays, la joie de toute la terre, c'est la montagne de Sion au fond du septentrion, c'est la ville du grand Roi. » — « La montagne de Sion se réjouira, et les filles de Juda auront de la joie à cause de tes jugements. Faites le tour de Sion, considérez-la de tous côtés et comptez ses tours. Dieu a fait resplendir Sion, qui est parfaite en beauté (1). »

Après le schisme, Jérusalem continua d'être la capitale du royaume de Juda. Elle prospéra sous les bons rois et fut en décadence sous les mauvais. Sous Roboam (973 av. J.-C.), elle fut conquise par Sisçak (2), roi d'Egypte. Sous Amasias, elle fut prise par Josias, roi d'Israël, qui renversa quatre cents coudées ou environ six cents pieds de la muraille, et prit l'or, l'argent et les vases sacrés trouvés dans le temple.

(1) Ps. XLVIII, 2, 11, 12, 13 ; L, 2.
(2) 2 Chron., XII, 9.

Après la mort de Josias, Jéhoachaz son fils fut élu roi par le peuple. Bientôt après, Néco, roi d'Egypte, conquit Jérusalem, chassa Jéhoachaz et imposa au pays un tribut annuel d'or et d'argent (1). Plus tard, Nébucadnetzar, roi de Babylone, « brûla la maison de l'Eternel, renversa les murs de la ville, mit le feu à tous ses palais et enleva tout ce qu'il y trouva de précieux (2). »

La ville et le temple, rebâtis en exécution de l'édit de Cyrus, furent pris un peu plus tard par Ptolémée, roi d'Egypte.

En 170 av. J.-C., Antiochus Epiphane s'empara à son tour de Jérusalem. Il tua en six jours quarante mille personnes et en vendit un plus grand nombre encore comme esclaves. Il rasa les murailles, força l'entrée du *Saint des saints*, éleva dans le temple la statue de Jupiter, et par les mesures les plus tyranniques essaya d'exciter les Juifs à la révolte. L'an 163, sous les Machabées, les Juifs reprirent la ville et la réparèrent. Ils purifièrent le temple, qui fut en même temps restauré. Cent ans après, ou 63 ans av. J.-C., pendant les troubles des Machabées, le temple fut pris par les Romains, sous la conduite de Pompée. En 43, les murailles, que Pompée avait détruites, furent rebâties par Antipa-

(1) 2 Chron., XXXVI, 1, 4.
(2) 2 Chron., XXXVI, 13, 19.

ter, père d'Hérode le Grand, Sous le règne de ce prince, de fortes sommes d'argent furent employées à fortifier et à embellir la ville. La construction de Jérusalem fut le travail de bien des siècles et fournit peut-être l'exemple le plus frappant de ce que peuvent le zèle et la persévérance mis au service de l'amour de la patrie.

Jérusalem n'était pas seulement une ville d'une grande beauté : c'était aussi une forteresse d'une solidité merveilleuse. La base entière en était formée d'une seule assise de roches. L'accès en était rapide et difficile. Le Dr Robinson, qui prit lui-même en 1838 des mesures exactes de la hauteur du mont de Sion au-dessus des vallées, les établit ainsi : A la porte de Jaffa (Hippique), quarante-quatre pieds ; au coin du sud-ouest, cent quatre pieds ; au midi, cent cinquante-quatre pieds ; au sud-est, trois cents pieds.

« Le roc est à l'état naturel, » ajoute-t-il, « et présente probablement le même aspect que du temps de Josèphe, quoique la vallée adjacente ait sans doute été obstruée par des débris. » Ces observations viennent d'être confirmées par les travaux de la *Société d'exploration de la Palestine*.

La cité était encore fortifiée par trois murailles « dont la plus ancienne, » dit Josèphe, « était la plus difficile à prendre, à cause des vallées et de la colline (Sion) sur laquelle elle était bâtie. David,

Salomon et leurs successeurs, très-zélés pour cet ouvrage, la construisirent très-solidement. »

Le même historien nous apprend aussi que la première muraille entourait complétement le mont de Sion : « Elle commençait à l'angle nord-ouest de Sion, à la tour d'Hippicus, et courait le long du sommet septentrional de la montagne, où elle traversait le torrent, et rejoignait la colonnade à l'ouest du temple. Ainsi la première muraille défendait Sion, Ophel et Morijah. Du côté du nord s'élevaient les fameuses tours de Phasaël et de Mariamne. Le Dr Robinson trouva encore des traces distinctes de cette muraille sur un parcours de 630 mètres.

La seconde muraille fut construite par Jotham, Ezéchias et Manassé, environ 700 ans av. J.-C. Dans le second livre des Chroniques (XXXII, 5), il est dit qu'Ezéchias rebâtit toute la muraille où l'on avait fait la brèche, l'éleva jusqu'aux tours et construisit encore une autre muraille extérieure. Celle-ci renfermait le mont Acra, sur lequel la ville basse était bâtie. Elle commençait à la tour d'Hippicus, courait au nord et un peu à l'est jusqu'à la porte actuelle de Damas, et de là s'étendait du côté de l'est et du sud jusqu'à la tour d'Antonia. De cette manière, la ville basse tout entière, ainsi que le temple, étaient suffisamment protégés. Le Dr Robinson et d'autres voyageurs modernes ont retrouvé des traces de cette muraille, construite en pierres de sept pieds de longueur sur trois de haut.

La troisième muraille, d'après Josèphe, fut surtout construite par Hérode Agrippa, petit-fils d'Hérode le Grand, douze ans après la crucifixion de Jésus. Elle entourait Bézétha ou la ville neuve. La description de cette muraille nous donnera une idée de la force massive des deux autres : « Ses différentes parties étaient jointes ensemble par des pierres de trente pieds de long sur quinze de large. Elle avait elle-même quinze pieds d'épaisseur, et elle aurait probablement eu une hauteur plus grande encore, si le zèle de celui qui la commença n'eût été arrêté. Après cela, les Juifs l'élevèrent à la hauteur de trente pieds; au-dessus se découpaient des créneaux de trois pieds et des tourelles hautes de quatre pieds et demi, de sorte qu'en tout la muraille avait trente-sept pieds et demi de haut. Les tourelles étaient carrées et solides comme la muraille.

« La troisième muraille avait quatre-vingt-dix pieds, et les espaces entre les tours trois cents pieds. La muraille du milieu avait quarante tours, et la vieille muraille soixante. L'enceinte entière de la ville était de trois cent trente stades ou environ une lieue et demie. »

Disons un mot des tours.

La tour d'Hippicus était la plus importante, puisque Josèphe en fait le point de départ de toutes ses

descriptions. Bâtie par Hérode, elle reçut le nom
d'un de ses amis tué dans une bataille. Elle avait
trente-sept pieds de côté. Elle était solide et massive
jusqu'à la hauteur de quarante-cinq pieds. Au-dessus
se trouvait un réservoir de trente pieds de profondeur, et, plus haut encore, une maison à deux éta-
ges, surmontée elle-même de parapets de quatre
pieds et demi, avec des tourelles, ce qui donnait à
cette tour une hauteur totale de cent vingt pieds.
Les pierres dont elle était bâtie étaient de marbre
blanc, taillées dans le bloc. Chacune d'elles avait
trente pieds de long et sept et demi de large. Le
Dr Robinson trouva encore une partie de cette tour
debout en 1838.

La tour de Phasaël fut également bâtie par Hérode
et reçut le nom de son frère. Elle surmontait cette
partie de la première muraille qui courait le long du
côté septentrional de Sion, entre la tour d'Hippicus
et le temple. D'après Josèphe, la largeur et la hauteur de cette tour étaient l'une et l'autre de soixante
pieds. Au-dessus, une galerie de quinze pieds de
hauteur contournait le bâtiment. Elle était soutenue
par des parapets et des bastions. Au-dessus de
cette galerie était une autre tour également entourée de créneaux et de tourelles. La hauteur entière
en était de cent trente-cinq pieds. Simon, le chef
des factions, comme nous le verrons plus tard,
choisit cette tour pour en faire son quartier général.

La tour de Mariamne était aussi l'œuvre d'Hérode, qui lui donna le nom de la reine. Elle était sur la même muraille que la précédente, mais plus près du temple. Les appartements de la reine, qui s'élevaient sur ses fondations solides, étaient plus riches et plus ornés que ceux des autres tours. Sa hauteur entière était de soixante et quinze pieds.

La tour de Pséphinus était due à Agrippa. Elle était située à l'angle nord-ouest de la troisième muraille. Elle était octogone, de cent cinq pieds de haut, et embrassait un horizon très-étendu. Cette tour était d'une grande force, et comme le nord offrait l'accès le plus facile vers Jérusalem, elle était regardée comme l'un des points les plus importants du système de défense. Elle contenait de vastes citernes.

La tour ou citadelle d'Antonia. C'était, à plusieurs égards, la plus considérable de toutes, si toutefois on pouvait lui donner le nom de tour. Elle occupait un large espace et comprenait plusieurs bâtiments. Josèphe dit en parlant d'elle : « Au nord du temple était bâtie une citadelle dont les murs étaient carrés, forts et d'une solidité à toute épreuve. » Bâtie par les rois asmonéens, elle porta d'abord le nom de Baris. Hérode la fortifia encore et lui donna le nom d'Antonia, en l'honneur de son ami Antonius. « Elle était située à l'angle nord-ouest de deux galeries de la cour du temple, et reposait sur un

roc au bord d'un précipice. Elle était haute de
soixante et quinze pieds. » Josèphe ajoute que le
roc sur lequel elle était assise était lui-même revêtu,
de la base au sommet, de fragments de pierres po-
lies, destinées soit à servir d'ornement, soit à rendre toute escalade impossible. Sur le bord du précipice, avant d'arriver à la tour, était une muraille
de quatre pieds et demi. A l'intérieur de cette muraille, tout l'espace, jusqu'à la tour Antonia elle-
même, était exhaussé de soixante pieds. Le dedans
avait la largeur et la forme d'un palais, et était
divisé en chambres, cours, bains, avec de larges
espaces pour mouvements de troupes, sur une dimension d'environ cinq cent soixante et treize pieds
du nord au sud, et de neuf cent cinquante-cinq
pieds de l'est à l'ouest.

A l'angle sud-ouest, là où la tour joignait les
deux galeries, on avait pratiqué des passages pour
aller au temple. C'était ce chemin que suivaient les
gardes de la légion romaine. Ce fut dans cette tour,
et le long d'un de ces passages, que Paul fut emmené par les soldats hors du temple (1).

Un passage secret, construit par Hérode, conduisait de la tour Antonia à l'intérieur du temple,
aboutissant à sa porte orientale, au-dessus de laquelle Hérode bâtit une tour. Cette tour devait lui

(1) Actes, XXI, 31-37.

donner un accès souterrain dans le temple, en cas
de révolte du peuple.

Elle était séparée de Bézétha, au nord, par une
profonde tranchée artificielle destinée à en fermer
l'accès de ce côté-là. Le Dr Robinson croit que
le roc sur lequel reposait cette forteresse était un
prolongement de la colline de Bézétha, du côté
sud, qui avait été coupé et séparé de cette colline
par la tranchée dont nous parlons. Il suppose que
le corps principal de la forteresse d'Antonia reposait sur ce roc, pendant que le reste, comprenant
les vestibules, les appartements royaux et les caser-
nes, s'étendait le long de la muraille septentrionale
de l'aire du temple, adjacente à la vallée du Cédron. Du côté nord, elle était protégée par une
tranchée profonde.

Les vallées intérieures de la cité, séparant complétement les différentes sections les unes des autres, étaient un élément de force.

Du côté nord, en dehors de la muraille et tout
autour du mont de Sion ou ville haute, était une
profonde vallée appelée le Tyropœon ou vallée *des
marchands de fromage*. Un pont reliait Sion au
temple. Cette vallée séparait aussi Sion et une partie d'Acra du mont Morijah. « Le Tyropœon, »
remarque le Dr Robinson, « descend de la muraille, près de la grande mosquée ; il est profond
et forme un grand ravin aux pentes abruptes. »

En dehors et autour des trois côtés de la cité s'étendent les vallées de Gihon, de Hinnom et de Josaphat. De l'autre côté de ces vallées s'élèvent des montagnes qui dominent la ville. A l'est se trouve le mont des Oliviers, et au sud-est le mont des Offenses. Au sud, la colline du Mauvais-Conseil, et à l'ouest le mont Gihon. Ceci explique le langage de David : « Pour ce qui est de Jérusalem, elle est environnée de montagnes, et l'Eternel est autour de son peuple dès maintenant et à toujours (1). »

Tel est le très-rapide aperçu de l'assiette et de la force de Jérusalem. Peut-être n'y eut-il jamais cité aussi fortement défendue par sa position naturelle et par des murailles et des tours d'une telle importance et d'une aussi prodigieuse solidité. A tout prendre, il semblait impossible qu'aucune puissance humaine réussît jamais à s'en emparer, eu égard surtout aux moyens d'attaque dont on disposait alors.

(1) Ps. CXXV, 2.

CHAPITRE II

LE TEMPLE

« Comme Jésus sortait du temple, un de ses disciples lui dit : Maître, regarde quelles pierres et quels bâtiments! Et Jésus répondant lui dit : Tu vois ces grands bâtiments, il n'y restera pierre sur pierre qui ne soit renversée. »   MARC, XIII, 12.

Pour être en mesure d'apprécier l'énergie de cette prédiction et la terrible manière dont elle devait être accomplie, il est nécessaire de se faire une idée exacte de la position et de la structure du temple avec ses murailles, ses parvis et ses tours. C'est alors seulement que l'on pourra suivre la marche du siége et comprendre les misères sans nombre que le peuple endura, par suite des assauts de l'ennemi au dehors et de la turbulence des factions à l'intérieur de la ville.

Certaines personnes se figurent peut-être que le temple destiné au service de Dieu ressemblait, soit aux massives contructions de l'Egypte et de la

Grèce consacrées au culte des dieux, soit encore aux splendides cathédrales des temps modernes. Les descriptions qui nous en sont données dans l'Ancien Testament et par Josèphe mettront fin à toute confusion.

Le tabernacle élevé par Moïse dans le désert n'était formé d'après aucun plan ou dessin humain. Dieu lui-même en avait tracé le plan. Il avait donné à Moïse, sur le Sinaï, des directions minutieuses sur la forme et les dimensions de l'édifice, sur les matériaux qui devaient entrer dans sa construction, et les vases sacrés qui devaient être attribués à son service. Aussi longtemps que dura la marche dans le désert et même plusieurs siècles après l'établissement des Israélites en Canaan, le tabernacle, souvent déplacé, continua à servir de lieu de culte. Lorsque la nation se fut fixée et fut devenue prospère, il parut convenable d'élever un édifice plus stable. Le roi David fut le premier qui conçut la pensée d'un sanctuaire permanent consacré au service de Dieu. Il est vrai que pour des raisons déterminées, il ne lui fut pas permis de poursuivre son dessein. Il le prépara néanmoins en accumulant dans ce but, pendant des années, des trésors et des matériaux en abondance.

Le plan fut poursuivi et entièrement exécuté par Salomon.

Le temple fut construit sur le modèle du taberna-

cle, mais avec des dimensions doubles. Il avait cent
cinq pieds de long, trente-cinq de large et cinquante-
deux de haut. Aucun architecte humain n'y travailla.

Différent de tous les édifices jusque-là destinés au
culte, il n'a jamais non plus été imité depuis. Il reste
debout, seul et unique dans son genre, à travers tous
les âges. Sa magnificence ne consistait pas toutefois
dans les dimensions du bâtiment principal, mais
dans la valeur des matériaux, la richesse des orne-
ments, l'excellence du travail, le nombre des cours,
l'étendue des salles et la solidité de construction des
tours de défense. Le *naos* ou sanctuaire, c'est-à-dire
le temple proprement dit, dans lequel étaient le lieu
saint et le lieu très-saint, n'occupait qu'une partie
restreinte du vaste enclos de parvis, de galeries et
de bâtiments auxquels on avait donné la désignation
générale de temple.

Le temple, avec ses enceintes larges et massives,
reposait sur le sommet rocailleux du mont Morijah,
à l'endroit même indiqué à Abraham pour y offrir
Isaac en sacrifice. « Le plateau du sommet, » dit
Josèphe, « était à peine suffisant pour contenir la
sainte maison, car le terrain environnant était très-
inégal. » Pour obtenir une surface plus étendue, on
dut asseoir les fondations très-profondément dans la
vallée adjacente. Ce travail fut accompli par Salomon de la manière suivante : Il bâtit d'abord, du côté
de l'est, une muraille qui fut remplie de terre jusqu'au

niveau du sommet de la montagne. Sur ce sommet, il éleva ses constructions; mais comme cette disposition laissait le temple à nu et exposé, de nouvelles murailles furent élevées et l'intérieur comblé au fur et à mesure, ce qui élargit considérablement le sommet du mont Morijah. Ces murailles, au nord, à l'est et au sud, partaient du fond de la vallée et avaient une force aussi bien qu'une hauteur immense. Elles atteignaient quatre cent cinquante pieds et dépassaient même cette hauteur en quelques endroits. Cependant la hauteur réelle ne paraissait pas, les vallées ayant été comblées. Dans la construction de ces fondations, de gigantesques quartiers de roche furent rassemblés, fermement reliés les uns aux autres et rattachés à la montagne par des crampons de fer. Ces blocs furent tellement soudés l'un dans l'autre et si bien fixés à la montagne, que la solidité de la base était aussi remarquable que les édifices qu'elle supportait. « Non-seulement, » dit Josèphe, « les pierres employées pour les murailles étaient de la plus grande dimension (soixante pieds de long, trente d'épaisseur et vingt-quatre de large), mais elles étaient en même temps dures, fermes et à l'épreuve du temps. »

Le Dr Robinson conteste à cet égard l'autorité de Josèphe. Il dit qu'ayant écrit son histoire à Rome longtemps après la destruction de Jérusalem, l'historien juif n'avait pu ni prendre, ni par conséquent

donner la mesure exacte de la hauteur des travaux et
des dimensions des pierres. Son séjour à Rome ne
prouve cependant pas que Josèphe n'ait pu prendre
la mesure exacte des murailles et du temple, lui qui
avait longtemps habité Jérusalem et qui, en sa qualité de pharisien et de notable, avait à sa disposition
tous les documents nécessaires. Il était du reste
connu pour un très-exact observateur. Nous avons
d'ailleurs, en fait de pierres de dimensions analo-
gues, des preuves très-convaincantes à l'appui de
ses assertions (1).

(1) Il ne faudrait pas s'imaginer que ces pierres de dimensions colos-
sales constituent un fait isolé dans l'histoire des constructions antiques.
Il serait facile d'en citer de nombreux exemples. C'est ainsi que dans
le soubassement du grand temple, à Balbek, on voit telle pierre de
soixante pieds de long, douze de largeur et autant d'épaisseur. Dans une
carrière voisine, on trouve des pierres de dimensions égales, ou même
plus grandes, l'une d'elles ne mesurant pas moins de soixante et dix
pieds de long et quatorze d'épaisseur. L'extrait suivant de l'ouvrage de
Volney (1) appuiera d'ailleurs la vérité de l'assertion de Josèphe : « Ce
qui est encore plus surprenant (il s'agit toujours de Balbek), ce sont
les dimensions des pierres qui composent la muraille. A l'ouest, le second rang est formé de pierres qui ont de vingt-huit à trente-cinq pieds
de long sur neuf de haut. Au-dessus de cette rangée, à l'angle nord-
ouest, il y a trois pierres qui, à elles seules, occupent un espace de
cent soixante et quinze pieds et demi : la première a cinquante-huit
pieds sept pouces, la seconde cinquante-huit pieds onze pouces, et la
troisième exactement cinquante-huit pieds, et chacune a douze pieds
d'épaisseur. Ces pierres sont de granit blanc avec de larges flocons
blancs comme du gypse. Une carrière de cette espèce de pierre s'étendait sous la ville entière et une autre dans les montagnes du voisinage :

(1) Volney, *Voyage en Syrie.*

Même en 1838, après tous les bouleversements et les essais infructueux pour rebâtir Jérusalem et ses murailles, le Dr Robinson rapporte avoir trouvé lui-même de très-grandes pierres. L'une de celles qu'il mesura avait vingt-quatre pieds de long, trois de haut et six et demi de large. Il admet que les vallées ont l'air d'avoir été comblées avec des débris.

Le comité d'exploration de la Palestine fit creuser jusqu'à quatre-vingts pieds avant de pouvoir atteindre le roc primitif sur lequel les pierres des fondations étaient posées. Les débris étaient inégalement distribués; ils avaient cent vingt pieds de profondeur dans quelques endroits et étaient composés de marne, de morceaux de pierres de taille, de tessons, de débris de lampes et autres détritus

cette dernière est exploitée en plusieurs endroits. A droite, en approchant de la ville, on voit encore une pierre taillée de trois côtés qui a soixante-neuf pieds deux pouces de long, douze pieds dix pouces de large et treize pieds trois pouces d'épaisseur. »

A Saïs, sur le Nil, se trouve un colosse d'un seul bloc de soixante et quinze pieds de long, dédié à Amasis, fondateur d'une des nombreuses dynasties égyptiennes.

La colonne de Pompée à Alexandrie est également d'un seul bloc de granit de soixante et treize pieds de haut et plus de vingt-huit pieds de circonférence. Elle est élevée sur un piédestal de vingt pieds de haut et surmontée par un vaste chapiteau corinthien.

A Héliopolis, près du Caire, se dresse l'obélisque de On, qui a plus de soixante-huit pieds de haut, depuis la base. Il est là, debout, à la place même qu'il occupait déjà il y a quatre mille ans. A Assouan, enfin, les anciens constructeurs ont laissé inachevé dans la carrière un immense obélisque de granit de quatre-vingt-cinq pieds de haut et de neuf pieds pour chacune des deux autres dimensions.

jetés hors de la ville ou déposés par les armées d'in-
vestissement.

L'espace assigné à l'emplacement du temple était
de neuf cent cinquante-cinq pieds de l'est à l'ouest
et autant du nord au sud. En y comprenant la tour
d'Antonia, il était de quinze cent vingt-huit pieds du
nord au sud, les dimensions de l'est à l'ouest res-
tant les mêmes. Sur cette plate-forme étaient construits les édifices généralement désignés sous le
nom de temple. Ils n'étaient pas tous de même
niveau, mais s'élevaient de terrasse en terrasse jusqu'au saint édifice dont les portiques s'avançaient
des deux côtés comme des épaulements. Seul et
isolé dans son imposante majesté, se dressait le mont
qui portait le temple. Les parvis de l'édifice s'éta-
geaient de terrasse en terrasse. Le temple lui-même,
semblable à une masse de marbre blanc, resplen-
dissant d'or, et se détachant sur le sombre arrière-
plan du mont des Oliviers, s'élevait au-dessus de
la cité et plus haut que son enceinte de galeries à
toits de marbre richement ornés.

Ce magnifique édifice devait donc être visible de
tous les côtés pendant que la fumée de ses sacrifices
montait lentement en spirales dans le ciel bleu de
l'Orient, que la musique de ses cérémonies était
emportée à travers la ville populeuse, et que les
rayons du soleil étincelaient sur ses toits dorés ou
se reflétaient sur son beau pavé de marbre.

Le premier temple fut bâti par Salomon, 1005 ans av. J.-C,, dans la quatrième année de son règne. Il fut achevé en sept années. Cent quatre-vingt-trois mille personnes furent employées à le construire. Parmi celles-ci, les portefaix, les scieurs de bois et leurs surveillants, au nombre de cent cinquante-trois mille, étaient Cananéens. Les trente mille autres étaient Juifs. Ceux-ci étaient divisés en compagnies de dix mille chacune et servaient à tour de rôle. Comme tous les matériaux qui entrèrent dans la structure avaient été taillés loin du temple, toutes ces immenses constructions furent jointes ensemble sans qu'on entendit le bruit d'aucun outil (1).

Ces bâtiments demeurèrent dans leur splendeur primitive pendant trente-trois ans seulement. A cette époque, le temple fut pillé par Sisçak, roi d'Egypte (2). Il resta debout quatre cent vingt-quatre ans avant sa destruction finale par le roi de Babylone, en 558 av. J.-C.

Vers l'an 539, Cyrus permit aux Juifs de retourner dans leur pays et de rebâtir Jérusalem et le temple. Le travail commença sous la direction de Zorobabel, gouverneur des Juifs, et de Josué leur grand prêtre, et fut poursuivi avec vigueur. Ce bâ-

(1) 1 Rois, VI, 7.
(2) 1 Rois, XIV, 25 ; 2 Chron., XII, 9.

timent fut érigé sur l'emplacement et sur les fondations du premier temple, et d'après le même plan,
quoique inférieur en grandeur et en beauté (1). Durant les douze années de guerre qui sévirent de
175 à 163 av. J.-C., il fut pillé et profané par Antiochus Epiphane, qui introduisit dans la ville les
rites idolâtres, et dédia le temple à Jupiter Olym-
pien.

Cet édifice devint bientôt si désolé, qu'il fut en-
vahi par les végétations parasites. Judas Machabée
et construisit de nouvelles fortifications pour le pré-
après avoir chassé les Syriens, restaura le sanctuaire
munir désormais contre toute attaque. Pendant les
dissensions entre les derniers Machabées (63 ans
av. J.-C.), Pompée attaqua et prit le temple, massacra douze mille Juifs dans ses parvis et pénétra
dans le Saint des saints (2). L'an 37, Hérode le
Grand, avec ses légions, s'empara du temple, détruisit quelques-uns des bâtiments environnants et
endommagea les autres.

Le temple d'Hérode. — Hérode le Grand était un
uméen très en faveur auprès de Jules César. Il
obtint le royaume de Judée des Romains, qui occupaient la Palestine et toutes les contrées d'alentour.
De toute sa famille, il fut le plus distingué par ses

(1) Esdras, III, 12; Agg., II, 3.
(2) *Antiquités*, liv. IV, c. 4.

talents, ses succès et sa magnificence. Devenu extrêmement impopulaire parmi les Juifs à cause de ses cruautés et trouvant son intérêt à les gagner, il entreprit l'œuvre de réparer ou plutôt de rebâtir leur sanctuaire. La méfiance des Juifs ne lui permit pas tout d'abord de démolir l'ancien temple. Pour leur prouver la sincérité de ses intentions, il dut bâtir le nouveau dans l'intérieur des vieux murs et ne démolir ceux-ci qu'à mesure. Il fit préparer mille chars pour apporter les pierres, employa dix mille ouvriers habiles sans compter les tailleurs de pierre et les charpentiers, puis il commença à détruire pour rebâtir. Dix huit mille hommes furent occupés à cet ouvrage, qui fut commencé dans la dix-huitième année du règne d'Hérode, l'an 21 avant J.-C. Au bout de neuf ans, le temple se trouva assez avancé pour pouvoir servir au culte. Les successeurs d'Hérode continuèrent le travail de construction et complétèrent ses plans primitifs. L'œuvre prit en tout quarante-six ans (1).

Une description plus détaillée des arrangements intérieurs du temple, surtout des murailles et des portes avec leurs hauteurs respectives, devient ici nécessaire pour faire comprendre son importance comme forteresse et les scènes terribles qui se passèrent dans son enceinte sacrée.

(1) Jean, II, 20.

Le temple, nous l'avons dit, était bâti sur le mont Morijah (1). Sa muraille extérieure était d'une grande hauteur et d'une épaisseur considérable, et s'élevait à plus de trente pieds au-dessus du sommet de la montagne. Sur cette muraille reposaient des rangées de colonnes de trente-sept pieds et demi de haut. « La grosseur de chacune était telle que trois hommes avec leurs bras étendus pouvaient à peine les entourer. » Chacune de ces colonnes était d'un seul bloc de marbre blanc. Au nord, à l'est et à l'ouest, il y en avait trois rangées de quarante colonnes chacune, formant entre elles deux ailes ou pourtours. Du côté sud-est étaient quatre rangées de quarante colonnes ayant quinze pieds d'un centre à l'autre et formant trois ailes ou pourtours ; deux de ces pourtours avaient trente pieds de large et le troisième quarante-cinq, formant un espace de cent-cinq pieds du côté où se trouvait le portique royal. L'aile du centre était deux fois plus élevée, de sorte que son toit, haut de plus de trente-sept pieds, planait au-dessus des toits des promenoirs ordinaires et s'élevait à soixante et quinze pieds au-dessus d'un magnifiqne et large dallage. Une personne se tenant debout sur le toit de ce pavillon central pouvait à peine regarder dans la vallée sans avoir le vertige. Depuis le sommet de cette colonnade jus-

(1) 2 Chron., III, 1.

qu'au fond de la vallée de Cédron, la vue plongeait à une profondeur de quatre cent cinquante pieds. C'est ici que l'on doit placer ce « haut du temple » sur lequel le Tentateur amena notre Sauveur en lui demandant de se précipiter en bas (1).

Le sol était dallé de pierres plates de diverses couleurs. « La magnificence naturelle, le poli exquis et l'harmonie des jointures formaient un aspect très-remarquable. Les colonnades n'étaient ornées à l'extérieur d'aucune peinture (2). » Cette première cour était quelquefois nommée « la cour extérieure » et aussi « la montagne de la Maison, » mais plus généralement « la cour des Gentils ; » on y avait accès de la muraille extérieure par un perron de huit marches. Ce parvis était le rendez-vous favori des Israélites. Il devint plus tard un lieu de commerce où se tenaient les changeurs de monnaie, et où l'on vendait les divers oiseaux et autres animaux requis pour les sacrifices. C'est de ce lieu que Christ chassa les vendeurs (3). C'est là aussi que les chrétiens s'assemblaient journellement d'un commun accord, à ce que rapporte le livre des Actes (4). Outre que ces vastes galeries formaient d'agréables promenoirs dans les journées chaudes ou pluvieuses, el-

(1) Matth., IV, 5, 7.
(2) Josèphe.
(3) Matth., XXI, 12.
(4) Actes, II, 46.

les contenaient de nombreuses pièces susceptibles
d'être utilisées pour différents usages. Les lévites
y résidaient ; on y trouvait aussi une synagogue où
les docteurs (talmudistes) qui exposaient la loi pouvaient être interrogés et · où pouvaient se réunir
leurs disciples. C'est là que Jésus, à l'âge de douze
ans, fut trouvé « assis au milieu des docteurs, les
écoutant et les interrogeant (1). » Là se trouvaient
également des vestibules où les rabbins discutaient.
Ce fut là que Jésus profita de toutes les occasions
pour s'adresser au peuple et réfuter les sophistes
qui cherchaient à le faire tomber dans un piége.
Dans la partie du sud étaient les parvis royaux,
plus vastes que ceux des trois autres côtés. La porte
d'entrée principale s'ouvrait du côté de l'est ; on y
arrivait par un perron de plusieurs marches. On suppose généralement que c'est celle-là qui était appelée la *Belle Porte* (2). Les fidèles entraient par
cette porte dans la cour des Gentils.

Le visiteur qui passait de cette cour à la seconde
trouvait de tous côtés une balustrade élégamment
ornée, haute de quatre pieds et demi. Elle supportait des colonnes, placées à égale distance, sur lesquelles était gravée, soit en grec soit en latin, la loi
de purification, portant qu'aucune personne impure

(1) Luc, II, 46.
(2) Actes, III, 2, 10.

ou qu'aucun étranger ne devait pénétrer dans le sanctuaire.

Le mur de séparation était séparé de l'enclos intérieur par un escalier de quatorze marches. Après, et plus haut encore, nous trouvons une muraille de soixante pieds de haut depuis sa base extérieure et de trente-sept pieds et demi à l'intérieur. Un perron de quinze marches donnait accès dans la cour ou parvis des femmes. Quinze marches de plus conduisaient à la principale entrée de la cour des Israélites. Par les autres côtés, nord., sud et ouest, cinq marches seulement menaient de la cour des femmes à celle des hommes. Ceci démontre l'inégalité de la surface. Au-dessus des portes étaient des constructions de plus de soixante pieds de haut. Chaque porte était ornée de deux colonnes de dix-huit pieds de circonférence. Dans ces ouvertures étaient des portes à battants dont chacune avait quarante-cinq pieds de haut sur vingt de large, et qui étaient plaquées d'or et argent. La porte orientale était la principale. Elle était d'airain corinthien, richement ornée de métaux plus précieux.

La cour des prêtres ou l'enceinte la plus sacrée, dans laquelle les sacrificateurs seuls pouvaient pénétrer, était séparée de celle des Israélites par une balustrade de pierre. On y montait par un perron de quinze marches. L'espace entier occupé par cette cour, contenant le *naos* ou temple proprement dit, était de deux cent soixante et dix-sept pieds de l'est à l'ouest sur cent quatre-vingt-dix-sept pieds du nord au sud. Des bâtiments massifs et spacieux entouraient cette cour excepté du côté de l'ouest. Ces bâtiments servaient de magasins ; on y gardait des provisions de vin, d'huile, de blé, de sel, de bois et d'eau, des agneaux pour les sacrifices, des vêtements et des instruments de musique. Il y avait là de vastes appartements pour les sacrificateurs et les lévites de service. Du côté sud était un immense vestibule destiné aux assemblées du Sanhédrin. Dans la large cour ouverte à l'intérieur de ces bâtiments et en face du temple se trouvaient le grand autel et la mer d'airain.

Le *naos* était encore plus élevé ; on y arrivait par douze marches. Il avait une cour du côté du nord et une du côté du sud. Sur ce haut sommet de Morijah, le temple était visible de toutes les parties de la ville et des environs. Il était oblong, ayant quatre-vingt-dix pieds de long, trente de large et quarante-cinq de haut. Y compris l'épaisseur des murailles ainsi que les chambres latérales et le portique, sa façade avait un développement de cent quatre-vingts pieds de longueur. Ce portique était ouvert sur le devant et avait, des deux côtés de l'entrée, deux colonnes massives appelées Jachin et Boaz ; chacune d'elles mesurait dix-huit pieds de circonférence et cinquante-quatre de hauteur.

L'intérieur du bâtiment principal était divisé en
deux parties : le lieu saint, qui
contenait l'autel des parfums,
le chandelier d'or et la table
de propitiation, et le lieu très-
saint ou *saint des saints*, dans
lequel se trouvait l'arche de
l'alliance. Le travail intérieur
était le plus orné et le plus
parfait ; l'or, l'argent et les
bois précieux s'y mêlaient dans
une profusion magnifique. Le
plancher de sapin avait été recouvert de cèdre. La porte du
sanctuaire était revêtue de
lames d'or et tournait sur des
gonds du même métal.

Le plan topographique ci-
contre donne une idée de l'ensemble de l'édifice. Si la muraille extérieure était rompue
ou sa porte renversée, les en-
vahisseurs trouvaient en face
d'eux une porte d'entrée plus
étroite et une autre muraille
plus élevée et plus forte. Si on y pénétrait, il y
avait encore d'autres défenses à affronter. Cette

Section du temple.

série de forteresses s'étendait jusqu'au *naos*, qui, à bien des égards, était lui-même la plus imprenable de toutes les forteresses.

D'après ce rapide aperçu du plan du temple avec ses galeries et les épaisses murailles qui les entouraient, on peut se faire une idée de sa force, qui devait être en effet considérable.

C'est à cette force que les disciples firent allusion : « Maître, vois quelles pierres et quels bâtiments ! » Christ répondit : « Voyez ces bâtiments : il n'en sera pas laissé pierre sur pierre qui ne soit renversée. » Il n'est pas étonnant que cette prédiction ait paru aux disciples absolument irréalisable. Ne pouvant cependant mettre en doute la parole de leur Maître, ils supposèrent qu'elle ne s'accomplirait que lorsque les fondements de la terre seraient ébranlés, et que les flammes du jugement dernier consumeraient le monde : « Quand arriveront ces choses et quel sera le signe de ta venue et de la fin du monde ? »

Hélas ! la sécurité des nations ne consiste ni dans leurs richesses, ni dans la force de leurs remparts, ni dans la magnificence de leurs édifices religieux. Aucune place dans le monde ne fut probablement plus forte, par sa position naturelle ou ses murailles, que Jérusalem.

On ne vit nulle part de cérémonies religieuses plus grandioses et plus imposantes ; aucun temple

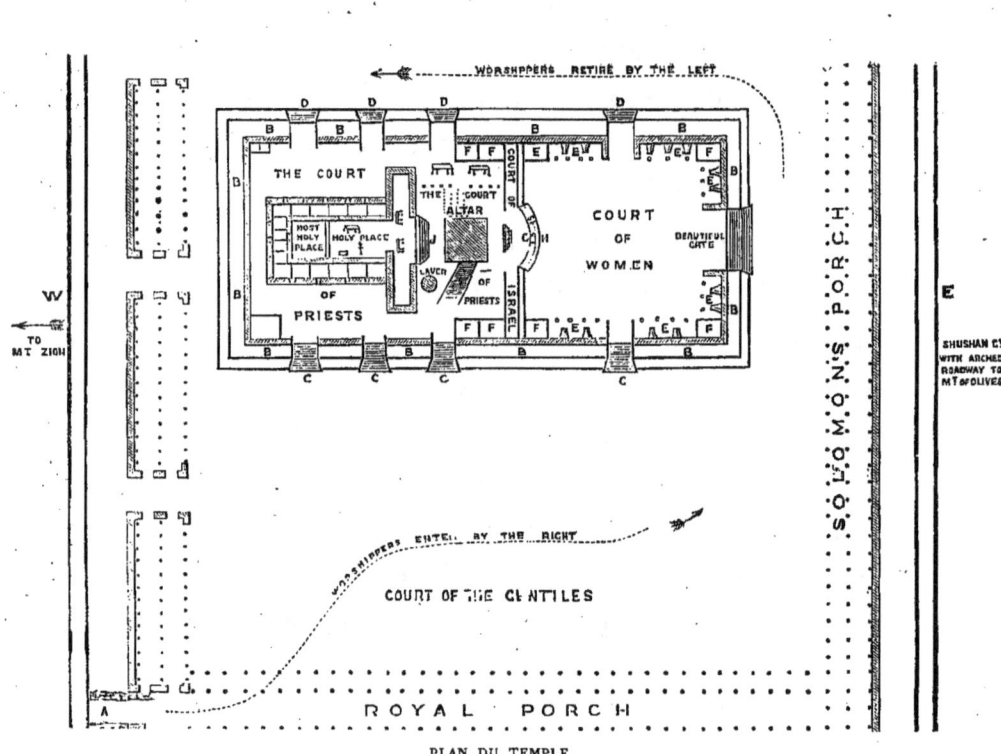

PLAN DU TEMPLE.

ne fut plus splendide et plus riche en trésors d'or et d'argent ; aucune forteresse plus massive et plus imprenable. Aucune cité, par le nombre de ses greniers et de ses réservoirs d'eau, ne parut plus capable d'une longue résistance. Il était facile, avec toutes les richesses accumulées alors à Jérusalem, de se procurer les provisions nécessaires pour un siége prolongé.

. Et pourtant Jérusalem devait être détruite. « Si le Seigneur ne garde la ville, ceux qui la gardent veillent en vain. » Cette cité ne pouvait rester debout ; la cause de sa chute était le péché sans repentance. Or, pour les peuples comme pour les individus, « le salaire du péché, c'est la mort. » Les péchés d'une nation ne sont autre chose que les péchés collectifs des individus qui la composent. « Les péchés de Sodome et Gomorrhe étaient petits, » dit Josèphe, « en comparaison de ceux dont les Juifs se rendaient coupables, de sorte qu'ils étaient mûrs pour la destruction. Si l'armée romaine n'était pas arrivée à ce moment, je crois vraiment ou qu'un tremblement de terre eût englouti la ville, ou qu'un déluge l'eût submergée, ou que le feu du ciel l'eût consumée. »

Dieu traite avec mépris les démonstrations pieuses lorsque la foi est remplacée par la superstition et le formalisme. C'est ce qui arriva lorsque le temple devint l'objet d'un culte idolâtre et que le peu-

ple eut plus de vénération pour les pierres du temple
que pour les commandements de Dieu. L'esprit de
vraie dévotion une fois disparu, Dieu regarda le
temple et les splendeurs de son culte comme sans
valeur.

Dieu nous enseigne, par sa manière d'agir envers
les nations anciennes, que la vie d'un peuple est en
raison de son intelligence et de sa détermination in-
flexible à faire le bien. « La justice élève une nation ; mais le péché est l'opprobre des peuples. »

CHAPITRE III

LA PRÉDICTION

« Comme Jésus sortait du temple et qu'il s'en allait, ses disciples vinrent pour lui faire considérer les bâtiments du temple. Et Jésus leur dit : Ne voyez-vous pas tout cela? Je vous dis en vérité, qu'il ne restera ici pierre sur pierre qui ne soit renversée. »

MATTH., XXIV, 1, 2. (Comparez MARC, XIII, 1, 2. LUC, XXI, 5, 6.)

Quinze cents ans environ avant la prise de Jérusalem par l'armée romaine, Moïse prononça ces paroles de solennel avertissement : « L'Eternel fera lever contre toi de loin, du bout de la terre, une nation qui volera comme l'aigle, une nation dont tu n'entendras point la langue, une nation fière qui n'aura point d'égard au vieillard et qui n'aura point pitié de l'enfant... et elle t'assiégera dans toutes les villes jusqu'à ce que tes murailles les plus hautes et les plus fortes sur lesquelles tu te seras assuré dans tout ton pays, tombent par terre (1). »

(1) Deut., XXVIII, 49, 52.

Avant cet avertissement, Moïse avait promis aux enfants d'Israël que de riches bénédictions seraient leur partage s'ils écoutaient attentivement la voix du Seigneur. Le Seigneur devait les élever au-dessus de tous les peuples de la terre, et les bénir dans toutes leurs entreprises. Leur soumission à Dieu devait leur assurer de sa part une protection efficace contre leurs ennemis, et une faveur constante. Le péché, au contraire, et la désobéissance obstinée devaient attirer la colère divine sur leurs têtes. D'autres prophètes leur prédirent, en cas de révolte contre Dieu, la guerre, la peste et la famine. Le soc de la charrue devait enfin passer sur leur ville.

Ce fut avec une parfaite connaissance de tous les avertissements des prophètes, avec une juste appréciation du caractère moral de la nation, comme aussi avec une pleine connaissance soit de la solidité du temple, soit du nombre et de la force des murailles qui entouraient la cité, que notre Seigneur prononça sa plus merveilleuse prédiction, en dénonçant à la nation juive, avec la colère de Dieu, la destruction certaine et prompte de ce temple dont elle s'enorgueillissait. Toute la condition politique des Juifs aussi bien que la structure du temple et de la ville semblaient rendre impossible le prompt accomplissement de cette prophétie. Jésus en fixa néanmoins l'époque comme très-prochaine, et de-

JÉRUSALEM, VUE DU MONT DES OLIVIERS.

vant s'accomplir « avant même que cette généra-
tionne fût passée. »

Non-seulement il prononça cette prédiction, mais
il annonça même, avec une certitude infaillible, les
signes précurseurs de son accomplissement.

Le moment où cette prophétie fut prononcée. — Ce
ne fut que lorsque Dieu eut supporté les Juifs avec
la plus grande patience, qu'il eut épuisé tous les
moyens pratiques de les sauver, lorsqu'ils eurent tué
les prophètes qui étaient ses messagers, méprisé et
rejeté le Rédempteur, Fils unique de Dieu, décrété
sa mort et comblé ainsi la mesure de leurs iniquités. Alors, et seulement alors, en se lamentant sur
Jérusalem, le Seigneur prononça sur elle la redoutable sentence : « Jérusalem, Jérusalem, qui tues
les prophètes et qui lapides ceux qui te sont envoyés, combien de fois ai-je voulu rassembler tes
enfants, comme une poule rassemble ses poussins
sous ses ailes, et vous ne l'avez pas voulu ! Voici,
votre demeure va devenir déserte (1). »

Lorsque Jésus fut proche de la ville, en la voyant,
il pleura sur elle et dit : « Oh ! si tu eusses connu,
au moins en ce jour qui t'es donné, les choses qui
regardent ta paix ! Mais, maintenant, elles sont cachées à tes yeux ; car les jours viendront sur toi,
que tes ennemis t'environneront de tranchées, t'en-

(1) Matth., XXIII, 37, 38.

fermeront et t'enserreront de toutes parts, et ils te
détruiront entièrement toi et tes enfants, qui sont au
milieu de toi, et ils ne te laisseront pierre sur
pierre, parce que tu n'as point connu le temps auquel tu as été visitée (1). »

Jésus pleura parce qu'il vit « les nuées des cieux
rassemblées au-dessus de la ville, et chargées des
éléments de destruction, qu'une main divine pouvait seule avoir rassemblés. » Il pleura; car « il vit
toutes choses, dans le ciel et sur la terre, prêtes
pour le jugement. » « Il regarda, et voici : la ville
était assiégée et perdue. Il voyait Jérusalem gisante
à ses pieds; les nations avides avaient saisi leur
proie. La sainte demeure était dévastée, et le bruit
de ses dernières lamentations, étouffant la voix de la
justice elle-même, venait de percer son cœur. » Il
s'arrêta et pleura sur elle. Semblable au nuage qui
vient de lancer la foudre, et qui se dissipe ensuite
en pluie rafraîchissante, ainsi sa pitié consolatrice
sympathise avec ceux qu'il vient d'être appelé à
condamner.

Christ venait de faire sa dernière visite au temple;
il quitta la ville avec ses disciples et, traversant le
torrent de Cédron, gravit le mont des Oliviers.

Là, il s'assit, ayant Jérusalem en face et le temple sous ses yeux. Ses disciples lui demandèrent :

_____

(1) Luc, XIX, 41-44.

« Dis-nous quand ces choses arriveront et par quel signe on connaîtra que toutes ces choses devront s'accomplir (1) ? » Ils ne pouvaient douter de la parole du Maître : « Il ne sera laissé pierre sur pierre qui ne soit renversée. » Mais lorsqu'ils eurent contemplé les tours et les remparts de la ville et les immenses et massives constructions du temple, sur lesquelles il venait de pleurer, Jésus leur fit connaître les signes et les incidents qui devaient en précéder la destruction. Cette prédiction fut écrite et publiée bien des années avant son accomplissement. Elle est contenue dans le premier évangile, que l'on suppose généralement avoir été écrit vers l'an 38, cinq ans environ après l'ascension de Christ. Si cette date est acceptée comme exacte, la prophétie aurait été publiée en Palestine trente ans avant son accomplissement. Marc et Luc en font aussi mention, et leurs évangiles furent écrits quinze ans avant que les armées romaines ne vinssent assiéger la ville sainte. Matthieu, Marc et Luc endurèrent le martyre sous Néron ; ils moururent donc avant que la destruction n'eût lieu.

Le temps de son accomplissement était fixé. — Lorsque les disciples dirent à Jésus : « Quand ces choses arriveront-elles ? » Il leur répondit : « Le

---

(1) Marc, XIII, 4.

temps approche, cette génération ne passera point que toutes ces choses n'arrivent. » Puis il énuméra les signes spéciaux qui devaient précéder l'événement, en disant : « Lorsque vous verrez arriver ces choses, sachez que le règne de Dieu est proche. » Sur le chemin du Calvaire, il dit à la grande multitude de peuple et aux femmes qui le suivaient en pleurant : « Filles de Jérusalem, ne pleurez point sur moi, mais pleurez sur vous-mêmes et sur vos enfants ; car les jours viendront où l'on dira : Heureuses les stériles, les femmes qui n'ont point enfanté et les mamelles qui n'ont point allaité ! » Il leur annonça ainsi qu'ils seraient les témoins du fait, et que quelques-uns d'entre eux participeraient même à la grande catastrophe.

Le témoin. — Flavius Josèphe, dont il a déjà été question, fut le principal témoin de l'accomplissement de cette remarquable prophétie. Il naquit l'an 37 de J.-C., et mourut en 93. Il fut donc le contemporain du siége. Depuis son enfance, il connaissait les localités ; il savait exactement la disposition des murailles, des tours, des boulevards et de tous les ouvrages de défense. Prêtre et pharisien, il partageait les vues et les espérances des Juifs. Il avait une connaissance approfondie du temple, de son étendue, de ses bâtiments divers et de leurs usages, de la solidité de sa structure et de son importance stratégique. Plus qu'aucun autre historien, il était donc compétent pour connaître et enregistrer les faits.

Très-accrédité auprès de l'empereur Vespasien, Josèphe était naturellement bien au courant de tout ce qui se passait. Il accompagna ce dernier pendant une partie de la guerre et assista au siége. Il resta avec l'armée quand Titus en prit le commandement, fit partie de plusieurs ambassades importantes, et tenta par tous les moyens de sauver la ville et ses malheureux habitants. Bientôt après la destruction de Jérusalem, il retourna à Rome avec Titus et y publia son histoire de ln guerre juive, qui contient le récit le plus détaillé du siége. Elle a été écrite en quelque sorte sous les yeux des soldats de Titus, qui avaient été sur les lieux avec lui, et pouvaient rectifier les erreurs de son récit.

Sous l'influence du patriotisme, Josèphe peut avoir exagéré quelques-unes de ses assertions; mais il ne fut jamais tenté de dénaturer les faits. Son but n'ayant pas été de confirmer la prédiction du Christ, son témoignage n'en est que plus précieux, pour prouver que cette prédiction s'est accomplie tout entière, et cela, en dehors de toute préoccupation prophétique, mais par un simple exposé des faits.

Il nous raconte quels furent les chefs du peuple; de quelle manière se constituèrent les différentes factions; comment les provisions, suffisantes pour un siége de trois ans, furent détruites en quelques

mois et les habitants mis au pillage ; les horreurs de
la famine et de la peste, ajoutées aux souffrances
de la guerre et venant ainsi les aggraver. Il relate
aussi les combats de jour et de nuit qui épuisaient
le peuple, l'incendie des passages et des autres
parties de l'édifice brûlés avec le temple, en dépit
de tous les efforts faits pour les sauver ; il raconte
enfin comment la ville tout entière fut ruinée.

Lorsque nous recueillons tous ces faits et que
nous les mettons en parallèle avec les détails multi-
ples et variés de la prédiction, nous pouvons constater entre les uns et les autres le plus admirable
accord. L'histoire répond à la prophétie.

Si un tel récit eût été fait par un historien chrétien, on eût pu soupçonner que des sentiments de
sympathie prêtaient leur couleur aux faits. Mais
lorsqu'un Juif, un prêtre, un pharisien, écrit l'histoire de sa propre nation et établit les faits qui con-
firment si admirablement la prophétie, on se demande quelle évidence on pourrait obtenir qui fût
d'un caractère plus indiscutable.

CHAPITRE IV

LES CAUSES DE LA GUERRE ET LA FUITE DES CHRÉTIENS

« Quand vous verrez dans le lieu saint l'abomination qui cause la désolation, et dont le prophète Daniel a parlé (que celui qui le lit y fasse attention), alors que ceux qui seront dans la Judée s'enfuient aux montagnes, que celui qui sera en haut de la maison ne descende point pour s'arrêter à emporter quoi que ce soit de sa maison, et que celui qui est aux champs ne retourne point en arrière pour emporter ses habits. Malheur aux femmes qui seront enceintes et à celles qui allaiteront en ces jours-là ! Priez que votre fuite n'arrive pas en hiver, ni dans un jour de sabbat. »   Matth., XXIV, 15-20.

« Mais il ne se perdra pas un cheveu de votre tête. Possédez vos âmes par la patience. Et quand vous verrez Jérusalem environnée par les armées, sachez que sa désolation approche. Alors que ceux qui seront dans la Judée s'enfuient aux montagnes ; que ceux qui seront au milieu d'elle se retirent, et que ceux qui seront à la campagne ne rentrent point dans la ville. Car ce seront alors les jours de la vengeance afin que toutes les choses qui sont écrites s'accomplissent. »
                    Luc, XXI, 18, 22.

Les causes déterminantes de la guerre qui devait aboutir à la destruction de Jérusalem s'étaient accumulées depuis longtemps. L'orgueil national était

profondément blessé par la présence en Judée et à
Jérusalem même d'un gouverneur romain entouré
d'un grand appareil militaire. Les Juifs hostiles aux
taxes imposées par les Romains en étaient à se demander si leur soumission et le paiement des taxes
n'étaient pas illégaux et si l'affirmation de leur indépendance n'était pas un devoir. De là la question faite à Jésus-Christ : « Est-il juste de payer le
tribut à César ou non (1) ? »

Pilate vint en Judée comme procurateur l'an 26
après J.-C. ; il y resta douze ans. Son attitude ne
fut pas de nature à calmer l'irritation populaire. Ri-
gide de caractère, il froissait sans cesse les suscep-
tibilités nationales. Il offensa cruellement les Juifs par
son manque complet d'égards pour leurs sentiments
religieux, et sa conduite fut la cause de bien des
troubles dans le pays. C'est ainsi que, lorsqu'il envoya des troupes hiverner à Jérusalem, il ordonna
qu'on portât dans la ville les enseignes sur lesquelles se trouvaient représentées des images de l'empereur, images qui étaient, comme on le sait, de
la part de l'armée romaine, l'objet d'un culte idolâtre. Aucun gouvernement précédent ne s'était permis un acte pareil, de crainte d'exaspérer le peuple,
qui regardait la présence de symboles de ce genre
comme une grave insulte à sa propre religion. Les

(1) Matth., XXII, 17.

enseignes apportées pendant la nuit furent déployées
le lendemain. Beaucoup de Juifs se hâtèrent alors
de se rendre à Césarée pour supplier Pilate de les
faire emporter. Il les laissa attendre cinq jours et
cinq nuits devant son palais. Le sixième, il les
manda devant lui, et les faisant entourer de soldats,
il les menaça de mort s'ils ne s'en retournaient pas
immédiatement. Se jetant à genoux, les envoyés
déclarèrent qu'ils aimaient mieux mourir que de
supporter la présence des symboles idolâtres dans
la cité sainte. Pilate, étonné de leur fermeté et
craignant d'ailleurs les conséquences d'une révolte,
donna l'ordre de rapporter les étendards à Césarée.

Dans une autre occasion, il s'éleva un grand tumulte parce que Pilate avait demandé une partie
du trésor sacré pour subvenir aux dépenses d'un
aqueduc qui devait conduire à Jérusalem l'eau
d'une source éloignée de vingt milles. Plusieurs
Juifs furent tués à cette occasion par des soldats
déguisés qu'il envoya dans la foule avec des poi-
gnards cachés sous leurs vêtements.

Lorsque Pilate entreprit de consacrer des boucliers d'or à Tibère dans le palais d'Hérode, ce fut
pour les Juifs une nouvelle mesure vexatoire. Con-
duits par leurs magistrats et accompagnés des quatre fils d'Hérode, ils supplièrent le procurateur de
ne pas persister à vouloir faire une chose contraire
à leur loi. Il ne se laissa toucher ni par leurs sup-

plications ni par leurs menaces d'en appeler à l'empereur.

Après Pilate, des gouverneurs injustes et tyranniques se succédèrent rapidement. Leur but était de s'enrichir par tous les moyens possibles ; ils vexèrent le peuple de toutes les manières. L'oppression cruelle et la rapacité honteuse de Gessius Florus, procurateur de Judée, fit éclater le feu qui couvait depuis si longtemps sous la cendre.

Nommé par Néron, Gessius Florus fut, sans aucun doute, le plus mauvais des gouverneurs romains que les Juifs eurent à subir. « Il ne reculait, » nous dit Josèphe, « devant aucun moyen de remplir ses coffres. »

Les brigands pouvaient se livrer impunément à leurs méfaits, pourvu qu'ils lui donnassent une part des prises. La vie et la propriété devinrent de la sorte si peu sûres que des multitudes émigrèrent dans les pays étrangers. L'an 66, on publia à Césarée un édit de l'empereur qui plaçait l'habitant grec ou syrien au premier rang des citoyens, au-dessus des Israélites. Ceux-ci, qui jusque-là avaient seuls joui de ce privilége, furent accablés d'insultes grossières de la part des Grecs et des Syriens. Les soulèvements ne furent apaisés que par l'intervention des armées romaines.

Les Juifs retirèrent leurs livres sacrés de la synagogue et les emportèrent à Narbata, à deux milles

de Césarée. Lorsque plusieurs d'entre les principaux Israélites vinrent exposer leurs griefs au gouverneur, celui-ci les fit jeter en prison. Cet acte
de violence produisit une grande sensation en Judée et particulièrement à Jérusalem. Presqu'en
même temps, Gessius Florus demanda dix-sept talents (1) du trésor du temple. Cette exigence souleva
un tumulte dans la ville et y provoqua une forte irritation contre le gouverneur. Celui-ci vint alors en
personne appuyer sa demande et ordonna que tous
ceux qui avaient parlé contre lui lui fussent livrés.
Il ne voulut écouter aucune explication, et, dans
sa vengeance, permit à ses soldats de piller le mar-
ché haut, qui se trouvait sur le mont de Sion. A
cette occasion, plusieurs des principaux citoyens
furent battus de verges ou même crucifiés. Florus
essaya ensuite de pénétrer dans le temple avec ses
soldats, mais le peuple résista avec une telle opi-
niâtreté que les Romains furent forcés de se retirer
dans le palais d'Hérode.

La flamme de la révolte ainsi allumée, Gessius
Florus se retira en envoyant un rapport sur la situation à Cestius Gallus, préfet de Syrie.

La guerre, qui dura cinq ans, commença l'an 66
à Masada, forteresse située près de la mer Rouge,
où une troupe de guerriers juifs surprit la garnison

(1) 170,000 francs environ.

romaine dont elle passa tous les soldats au fil de l'épée.

A cette nouvelle, les chefs de la nation à Jérusalem rompirent ouvertement l'alliance. Les prêtres refusèrent d'offrir les sacrifices usuels pour la prospérité de l'empereur, et le parti populaire massacra la garnison romaine. Cette révolte produisit une insurrection générale. Les Juifs d'une part, les Romains et les Syriens de l'autre s'attaquèrent dans chaque ville avec un grand acharnement. Les Israélites s'assemblèrent en grand nombre, pillant et dévastant les villes, principalement celles qui étaient occupées par les Syriens sur les deux rives du Jourdain. Les Syriens, pour se venger, massacrèrent les Juifs partout où ceux-ci tombèrent entre leurs mains. De cette manière, le pays entier fut ensanglanté. Quand Cestius Gallus, préfet de Syrie, apprit cette révolte générale, il marcha avec une forte armée contre la Judée, se hâta d'arriver à Jérusalem, entoura la ville et en fit le siége.

Arrêtons-nous un instant devant cet événement qui accomplit la prophétie de Daniel, prononcée plus de cinq cents ans auparavant : « Après ces soixante-deux semaines, le Christ sera retranché, et non pas pour soi ; puis le peuple d'un conducteur qui viendra détruira la ville et le sanctuaire, et la fin en sera avec débordement, et les désolations qui ont été déterminées arriveront à la fin de

la guerre (1). » Jésus-Christ a dit, en faisant allusion à ces paroles : « Quand vous verrez l'abomination qui cause la désolation, et dont le prophète
Daniel a parlé, établie où elle ne doit pas être (que
celui qui le lit y fasse attention)... et quand vous
verrez Jérusalem environnée par les armées, sachez
que le jour de sa désolation approche (2). »

« L'abomination qui cause la désolation » est une
expression hébraïque signifiant : « La destruction
abominable ou détestée. »

Puisque l'Evangile de Luc, dans cet ordre
d'idées, parle de « Jérusalem environnée par les
armées, » il est hors de doute que par « l'abomination que cause la désolation, » le Sauveur voulait
précisément désigner les armées romaines. Elles
étaient composées de soldats idolâtres. Elles por-
taient au devant de leurs légions des enseignes ou
des étendards sur lesquels étaient figurées des images d'aigles ou d'empereurs. Suétone nous apprend
qu'on les adorait, et Tacite les appelle « les dieux
de la guerre. » Chrysostôme dit que « toute idole
ou image d'homme était appelée par les Juifs une
abomination. » Josèphe, à son tour, mentionne ce
fait que, « lorsque Vitellius, gouverneur de Syrie,
conduisit son armée, à travers la Judée, contre

(1) Dan., IX, 26.
(2) Marc, XIII, 14.

Arétas, roi des Arabes, les principaux Isrélites, à cause de leur profonde horreur pour les enseignes des soldats, le supplièrent instamment de faire passer ses troupes par un autre chemin ; il leur causa une grande satisfaction en leur accordant leur requête. » Pour prouver que les Romains adoraient ces étendards, Josèphe ajoute : « Après que la cité fut prise, les Romains apportèrent leurs enseignes dans le temple, les placèrent vis-à-vis de la porte d'Orient et leur offrirent des sacrifices. » De plus, les armées romaines sont à juste titre appelées « l'abomination qui cause la désolation, » parce que la désolation marquait leur passage à travers toutes les provinces soumises, et que, par elles, la sainte cité et son magnifique sanctuaire furent complétement détruits.

La ville de Jérusalem et toute la contrée, à plusieurs stades à la ronde, étaient regardées comme saintes. L'armée de Cestius Gallus réussit bientôt à s'emparer de Bézétha ou de la ville neuve et fut ainsi favorablement placée pour commencer l'attaque.

Les chrétiens, de même que les Juifs, paraissaient ainsi enfermés et voués à une destruction certaine.

Ce fait, précurseur des jours de vengeance, fut cependant le signal même du salut des chrétiens. Ils avaient été exhortés à « posséder leurs âmes par

la patience, » à n'être « ni troublés ni effrayés, »
« car toutes ces choses devaient premièrement arriver. » Ils reçurent la promesse que « pas un cheveu de leur tête ne périrait » et l'assurance que ce
commencement de siége était le signal même de
leur délivrance. A vues humaines, leur fin semblait
prochaine, tandis que c'était au contraire le moment
choisi de Dieu pour les sauver.

A l'occasion de ce siége par Cestius Gallus,
nous pouvons admirer la providence remarquable
de ce Dieu qui dirige les événements de telle sorte
qu'ils accomplissent ses desseins de miséricorde
envers ceux qui l'aiment. Josèphe assure que si
Cestius Gallus eût tenté l'assaut de la ville haute
(Sion), il l'eût facilement prise et eût ainsi terminé
la guerre ; mais, ajouta-t-il, « à cause de la méchanceté de la nation, Dieu ne permit pas que la
guerre fût si promptement achevée. »

Pour une raison quelconque que les historiens
n'ont jamais expliquée, Cestius Gallus, au lieu de
profiter de sa victoire en se portant rapidement en
avant, retira ses troupes et les fit rentrer au camp.
Cet étrange mouvement de recul enhardit les Juifs.
Animés de rage, ils saisirent leurs armes et sortirent avec une telle impétuosité et en si grand nombre qu'ils forcèrent les Romains à céder et à s'enfuir. Pendant trois jours, ils poursuivirent l'armée
romaine en retraite et s'emparèrent de plusieurs

machines de guerre et de grands approvisionnements. Cette mesure devait leur permettre de prolonger la défense. Agrippa, à la demande de Cestius Gallus, leur envoya des ambassadeurs pour les
inviter à mettre bas les armes, leur promettant l'ou-
bli du passé. Eblouis par leur dernier succès, ils
rejetèrent ces offres avec mépris, s'emparèrent des
deux ambassadeurs, tuèrent l'un et blessèrent l'autre. Les notables de la ville, qui formaient un corps
puissant, s'opposèrent en vain à une pareille conduite. Ils voyaient clairement que de tels actes
exaspéreraient l'empereur et ramèneraient contre
eux toute la puissance romaine. Ils ne se trompaient
pas. L'armée ennemie arriva bientôt en plus grand
nombre et continua sans pitié son œuvre de conquête et de ruine.

Fuite des chrétiens. — Dieu tient dans ses mains
les cœurs des rois et des gouverneurs, et s'en sert
comme d'instruments dans l'accomplissement de ses
propres desseins. Ceux qui oublient cela ne peuvent comprendre la retraite du général romain Cestius Gallus. Mais les chrétiens, qui reconnaissent
en Dieu le suprême arbitre du monde, comprendront
cette étrange retraite, alors que la ville était prête
à se rendre. Ils se souviendront que, trente ans auparavant, Jésus-Christ avait dit à ses disciples :
« Quand vous verrez Jérusalem environnée par les
armées, sachez que sa désolation approche; alors

que ceux qui seront dans la Judée s'enfuient aux montagnes. »

Avant ou pendant ce premier siége, les chrétiens n'auraient pu s'enfuir sans courir de grands dangers. S'ils l'eussent tenté, les Juifs dans la ville, ou les Romains au dehors, les auraient infailliblement massacrés. Le seul moyen de salut était la levée du siége par le général. Or ce fut précisément ce qui arriva. Les Juifs en armes s'élancèrent au dehors en grand nombre à la poursuite de l'armée romaine. Ce fut à ce moment, vraiment unique, que, les portes de la ville étant ouvertes, les chrétiens virent la possibilité de la quitter.

Le conseil du Sauveur : « Possédez vos âmes par la patience, » indique évidemment que les chrétiens devaient veiller et saisir l'occasion dès qu'elle se présenterait. Leur fuite, qu'on ne l'oublie pas, devait arriver dans un moment de grande hâte, et si promptement qu'il leur faudrait tout abandonner. Nous pouvons faire, à propo de ce conseil, les trois remarques suivantes :

1° Les chrétiens de Judée devaient s'enfuir aux montagnes. La Judée était la partie méridionale de la Palestine, comprenant les tribus de Juda, Siméon, Dan et Benjamin. Jérusalem était un peu au nord du centre de ce territoire. Cette région entière, aussi bien que la capitale, allait avoir à souf-

frir des misères de la guerre, et tous les habitants
devaient être exposés à ses terribles ravages. Les
montagnes dans lesquelles les disciples de Jésus
devaient s'enfuir sont celles de la Pérée, région
montagneuse à l'est du Jourdain et au nord de Jérusalem. Ce territoire entier, comprenant une partie
de la Galilée, était gouverné par Agrippa le jeune.
Comme ces contrées étaient restées fidèles à l'autorité romaine et n'avaient pris aucune part à la révolte, elles ne devaient pas être dévastées par la
guerre. C'était donc une raison suffisante pour que
les chrétiens y dirigeassent leur fuite. Au milieu de
ces montagnes étaient d'ailleurs des ravins profondément encaissés et des grottes spacieuses qui
pouvaient servir de lieux de refuge, dans le cas où
la persécution ou d'autres maux envahiraient cette
région.

Qui, excepté le Tout-Puissant, aurait pu prédire
ainsi, trente ans à l'avance, avec une aussi rigou-
reuse exactitude, les scènes de la guerre, ainsi que
la paix qui régnerait dans la région montagneuse,
pendant que tout le pays alentour serait bouleversé
par de si terribles convulsions ?

Il ne fallait rien moins que la fidélité de Dieu
pour conserver en paix ces montagnes comme une
retraite inaccessible. Qui, excepté Dieu lui-même,
pouvait placer ses élus sur la hauteur et faire des
rocs élevés leur sûre défense ?

2° Ils devaient « *prier que leur fuite n'arrivât pas en hiver, ni dans un jour de sabbat* (1). »

Depuis que le sort de Jérusalem était décidé, sa préservation ne devait plus être un sujet de prière. Ainsi dit le Seigneur : « Toi donc, ne prie point pour ce peuple, et ne jette point de cri, et ne fais point de requête pour eux et n'intercède point auprès de moi (2) ; car je ne t'exaucerai point, au temps qu'ils crieront vers moi à cause de leur malheur (3). » — « En vérité, quand Moïse et Samuel se tiendraient devant moi, je n'aurais pourtant point d'affection pour ce peuple ; chasse-les de devant ma face, et qu'ils s'en aillent... ceux qui sont destinés à la mort, à la mort ; ceux qui sont destinés à l'épée, à l'épée ; ceux qui sont destinés à la famine, à la famine ; et ceux qui sont destinés à la captivité, à la captivité (4). »

Oh ! qu'elle est terrible la condition de ce peuple, alors qu'aucun intercesseur n'avait le droit de se tenir entre Dieu et lui ! Alors que la voix de la supplication et l'encens de la prière étaient défendus et qu'il était abandonné au châtiment de la justice divine !

Mais il était permis à ceux qui devaient s'enfuir

(1) Matth., XXIV, 20.
(2) Jér., VII, 16.
(3) Jér., XI, 14.
(4) Jér., XV, 1 2.

de plaider *les circonstances atténuantes*. Ils pouvaient
prier Dieu « que leur fuite n'arrivât pas en hiver. »
Car alors l'âpreté de la saison, le mauvais état des
routes, la courte durée des jours, la rareté des provisions et l'insuffisance des vêtements devaient augmenter les misères de leur fuite. L'hiver causerait
de grandes souffrances à tous; mais particulièrement aux vieillards, aux femmes et aux enfants; —
et, une fois dans les montagnes, leurs souffrances
n'auraient pu que continuer à cause de la rigueur
du froid.

Ni en un jour de sabbat. — Si c'est en vue du
sabbat juif, combien la requête est sage et miséri-
cordieuse! Car, si les chrétiens fuyaient ce jour-là,
ils risquaient d'encourir la colère des Juifs qui, tout
en violant l'esprit de la loi, étaient stricts observa-
teurs des pratiques extérieures. Si c'était en vue du
sabbat chrétien, comme je le crois aussi, il y avait
encore dans cette parole une vue de miséricorde;
car il est évident que beaucoup de chrétiens eussent hésité à quitter la ville si leur fuite était tombée
sur un jour de sabbat.

Nous devons insister sur ce fait que lorsque le
gouverneur romain, Cestius Gallus, se fut emparé
de Bézétha, il fit retirer précipitamment ses
troupes.

Dans cette retraite rapide, comme nous l'avons
déjà raconté, une partie de son armée fut tuée et

d'immenses quantités d'approvisionnements et de munitions de guerre tombèrent entre les mains des Israélites.

Les portes de la ville demeurèrent ouvertes pendant les trois jours que dura la poursuite. Puis elles furent de nouveau fermées, et l'on fit de nombreux préparatifs de défense. Trois jours furent donc accordés à la fuite des chrétiens. Ce n'étaient pas des jours d'hiver. « Cette défaite, » dit Josèphe, « eut lieu le huitième jour du mois de marchesvan, » qui correspond à la fin de notre mois de septembre ou au commencement d'octobre. C'était une des plus belles saisons de l'année. La moisson, la vendange et la récolte des grenades étaient terminées. Des provisions pouvaient donc facilement être faites.

On voit aussi, d'après la narration de l'historien, que leur fuite n'eut pas lieu le jour du sabbat. Il nous dit que pendant ce siége, « un ou deux jours seulement avant la retraite de Cestius Gallus, les Israélites abandonnèrent la fête et prirent leurs armes, sans aucune considération pour le repos du septième jour, quoique le sabbat fut le jour le plus saint parmi eux. »

Il est évident aussi qu'ils s'enfuirent en toute hâte. Josèphe dit : « Il arriva qu'une grande crainte s'empara des séditieux, de sorte que plusieurs d'entre eux quittèrent la ville, comme si elle devait être prise immédiatement. » Et encore : « Plusieurs des Israélites les plus éminents s'enfuirent, semblables à des naufragés pressés de quitter le vaisseau en péril. » Quel langage peut être plus expressif ? Josèphe dit encore que, pendant que Titus assemblait ses forces autour de Jérusalem, « une grande multitude, pour plus de sûreté, s'enfuit de Jéricho dans le pays des montagnes. »

Jéricho était au nord-est de Jérusalem et directement sur le chemin qui menait de la ville aux montagnes de Pérée. Il est possible que beaucoup de chrétiens qui s'étaient enfuis de Jérusalem, cherchèrent un asile temporaire à Jéricho ; mais, à l'approche de l'armée de Titus, ils s'enfuirent de là directement aux montagnes.

L'historien Eusèbe dit : « Le peuple de l'Eglise de Jérusalem, averti par une révélation, quitta la ville et s'établit dans une ville de Pérée nommée Pella. » Epiphane dit que les chrétiens de Jérusalem avaient été avertis de sa destruction par un ange. L'évêque Newton fait à ce propos cette remarque : « Nous ne lisons nulle part qu'un seul d'entre eux ait péri dans la destruction de Jérusalem. » Et cela ne pouvait arriver en effet, puisque Jésus avait dit : « Pas un cheveu de vos têtes ne périra. » — « Toutes les voies de l'Eternel ne sont que bonté et que vérité pour ceux qui gardent son alliance et ses témoigna-

ges (1). » — « Toutes choses, » a dit l'Apôtre,
« concourent ensemble au bien de ceux qui aiment
Dieu. »

Seigneur à jamais béni, que tu es tendre et que
ton cœur est fidèle! Ceux que tu aimes, tu les aimes pour toujours! tu les gardes comme la prunelle
de tes yeux. Quand même la terre et l'enfer combi-
neraient leur rage, et que le ciel et la terre dussent
passer, nul ne pourrait les enlever de ta main; ils y
sont en sûreté pour toujours!

Ainsi fut donc préparée la fuite des chrétiens.
Ravis de leur succès, les Juifs se disposèrent de
leur côté à une résistance désespérée et s'enfermè-
rent dans Jérusalem pour y subir des souffrances
terribles et des morts atroces.

Est-il possible de réfléchir sérieusement à la prédiction et de ne pas sentir que la main de Dieu
était là ?

Trois jours seulement furent donnés aux chrétiens pour assurer leur salut par la fuite. Il est évident que si, après toutes les instructions reçues, ils
eussent hésité, douté, et se fussent attardés, per-
dant ainsi ces trois jours, eux aussi auraient été enfermés dans la ville, pour y partager les maux et les
misères qui tombèrent sur les Juifs à cause de leur
incrédulité. La vraie foi agit promptement, travaille

(1) Ps., XXV, 10.

avec énergie, et se trouve prête à tous les sacrifices.

Quelle leçon n'y a-t-il pas là pour l'homme im-
pénitent, dont les dangers sont mille fois plus terribles et plus menaçants que ceux qui s'amoncelèrent
sur Jérusalem à l'époque qui nous occupe! Combien de *jours* un homme a-t-il pour être sauvé? Qui
en fixera le nombre? Combien d'heures pour s'enfuir? Qui peut les compter exactement? Pourquoi
les hommes s'attardent-ils? Quels projets, quels travaux, quelles préoccupations matérielles peuvent-ils
donc suffire à les arrêter, et que pourrait donner
un homme en échange de son âme?

CHAPITRE V

LES SIGNES DES TEMPS

« Alors Jésus répondant leur dit : Prenez garde que personne ne vous séduise, car plusieurs viendront en mon nom, disant : Je suis le Christ, et ils séduiront beaucoup de gens. Vous entendrez parler de guerres et de bruits de guerre... et il y aura des famines, des pestes et des tremblements de terre en divers lieux... alors ils vous livreront pour être tourmentés et ils vous feront mourir, et vous serez haïs de toutes les nations à cause de mon nom. Alors aussi, plusieurs se scandaliseront et se trahiront les uns les autres, et se haïront les uns les autres... et parce que l'iniquité sera multipliée, la charité de plusieurs se refroidira... Et cet évangile du royaume de Dieu sera prêché par toute la terre pour servir de témoignage à toutes les nations, et alors, la fin arrivera. Quand donc vous verrez dans le lieu saint l'abomination qui cause la désolation et dont le prophète Daniel a parlé (que celui qui le lit y fasse attention), alors que ceux qui seront dans la Judée s'enfuient aux montagnes. »   Matth., XXIV, 4-16.

Il est utile d'observer que notre Seigneur ne se borna pas à prédire la destruction de la ville et du temple, mais qu'il énuméra les signes spéciaux, au nombre de six, qui devaient précéder cet événement. Il nous renvoie à la prophétie de Daniel, qui recevait elle-même son accomplissement en sa personne, et dont les termes, en fixant l'époque de la destruction de la cité sainte, s'accordaient admirablement avec ses propres déclarations.

1° *Premier signe : de faux christs.* Josèphe appelle Daniel le plus grand des prophètes, parce qu'il fixa le moment précis où devaient s'accomplir ses prédictions.

« Il y a soixante et dix semaines déterminées sur ton peuple et sur la ville sainte, pour abolir le crime... Tu sauras donc et tu entendras que, depuis que la parole sera sortie pour s'en retourner et pour rebâtir Jérusalem, jusqu'au Christ le Conducteur, il y a sept semaines et soixante et deux semaines..... Et, après ces soixante-deux semaines, le Christ sera retranché mais non pas pour soi, puis le peuple d'un conducteur qui viendra, détruira la ville et le sanctuaire (1). »

Dans le langage prophétique, un jour signifie un an (2). Les soixante et dix semaines mentionnées correspondraient donc à quatre cent quatre-vingt-dix ans. L'ordre de rebâtir Jérusalem fut donné dans la septième année d'Artaxercès, ou l'an 457 av. J.-C. Ajoutez à cela les trente-trois ans de la vie terrestre du Sauveur, et les quatre cent quatre-vingt-dix années

(1) Dan., IX, 24-26.
(2) Lév., XXV, 8. Nomb., XIV, 34. Ezéch., IV, 5, 6. Dan., IV, 32-34. Luc, XIII, 32.

seront complétées. C'est là un fait authentique, que les savants, guidés par cette prophétie et d'autres aussi bien fondées, attendaient l'arrivée du Messie promis, juste au moment où notre Seigneur parut : « Jésus étant né à Bethléhem, ville de Judée, au temps du roi Hérode, des mages d'Orient arrivèrent à Jérusalem et dirent : Où est le Roi des Juifs qui est né ? Car nous avons vu son étoile en Orient et nous sommes venus l'adorer. Le roi Hérode, l'ayant appris, en fut troublé et tout Jérusalem avec lui, et ayant assemblée tous les principaux sacrificateurs et les scribes du peuple, il s'informa d'eux où le Christ devait naître. Et ils dirent : C'est à Bethléhem, ville de Judée ; car c'est ainsi que l'a écrit un prophète (1). »

Ici le témoignage de Josèphe est des plus explicites :

« Or, il y avait dans ce temps un homme sage nommé Jésus, si toutefois, il est juste de l'appeler homme, car il faisait des œuvres merveilleuses et enseignait ceux qui recevaient de bon cœur la vérité. Il attira à lui beaucoup de Juifs et beaucoup de Gentils. Il était le Christ. Et lorsque Pilate, à l'instigation de nos principaux chefs, l'eut condamné à la croix, ceux qui l'aimaient dès le commencement ne l'abandonnèrent pas, car il leur apparut encore

(1) Matth., II, 1-5.

vivant le troisième jour comme les saints prophètes l'avaient annoncé, de même qu'ils avaient annoncé bien d'autres choses merveilleuses qui le concernaient. Et la tribu des chrétiens, ainsi nommée après lui, n'est pas même éteinte aujourd'hui (1). »

Les chefs de la nation attendaient un roi conquérant qui devait délivrer le peuple du joug des Romains et élever leur nation au plus haut degré de prospérité et de puissance. Christ n'eut aucune prétention à l'autorité politique : il se contenta d'être « un homme de douleur et qui sait ce que c'est que la souffrance. » Il était pour eux comme « une racine qui sort d'une terre sèche, » et « ils ne trouvaient en lui ni forme ni éclat qui le leur fît désirer. » Ils le rejetèrent donc et le crucifièrent.

Cette attente d'un messie rendit plus facile aux faux christs la faculté d'en imposer à la multitude. L'accomplissement de ce signe commença bientôt après la crucifixion du Sauveur. Parmi les faux christs, Josèphe mentionne Theudas qui, douze ans après la mort de Jésus, en imposa à plusieurs par ses sortiléges. Il persuada à la foule de ses disciples d'apporter avec eux tout ce qu'ils possédaient, et de le suivre aux bords du Jourdain, leur promettant de séparer les eaux. En chemin, lui et ses adeptes furent pris par les troupes de Fadus et

(1) *Antiquités*, l. XVIII, c. 3, § 3.

détruits. Gamaliel fait mention de ce fait dans son discours au Sanhédrin (Actes, V, 36).

Josèphe nous dit encore qu'environ dix ans après, alors que Félix était gouverneur de Judée, des imposteurs de ce genre attirèrent de grandes multitudes après eux, dans le désert, en promettant de faire de grands miracles en leur présence. Il mentionne surtout le prophète égyptien qui vint à Jérusalem et persuada à ses partisans de le suivre sur le mont des Oliviers, leur déclarant que de là ils verraient tomber les murs de Jérusalem. Félix envoya contre lui ses soldats qui tuèrent plusieurs de ces fanatiques et dispersèrent le reste.

Félix nous informe que trois ans plus tard, quand Portius Festus était procurateur de Judée, un imposteur parut, abusant de grandes multitudes en leur promettant de les délivrer de l'oppression romaine, si seulement elles voulaient le suivre au désert. Mais Festus envoya son armée qui le massacra ainsi que la plupart de ses disciples.

Chose remarquable ! Le langage employé par Josèphe en parlant de la conduite de ces imposteurs est identique à celui du Sauveur dans la prédiction où il annonce « qu'ils s'élèveront et en séduiront plusieurs. » — « Que si quelqu'un vous dit : « Le Christ est ici ou Il est là, ne le croyez point, car de faux christs et de faux prophètes s'élèveront et feront de grands signes et des prodiges pour sé-

duire les élus eux-mêmes s'il était possible. Si
donc on vous dit : Le voici dans le désert, n'y allez
point, ou : Le voici dans les lieux reculés, ne le
croyez point. Voilà, je vous l'ai prédit (1). »

  2° *Second signe : des guerres et des bruits de guerre...
et des troubles* (2).

L'empire romain était dans le plus grand trouble
par suite des luttes violente entre les divers compé-
titeurs à l'empire. Ces conflits étaient subits et fréquents; beaucoup de sang y était versé. Ce fut littéralement une période de guerres et de bruits de
guerre, car il n'y eut pas moins de quatre empereurs (Néron, Galba, Othon et Vitellius) qui moururent de mort violente dans le court espace de dix-
huit mois. Les fondements mêmes de l'édifice social
étaient ébranlés lorsque l'empereur Caligula commanda qu'on plaçât sa statue dans le temple de Jérusalem. Les Juifs, avec une persévérance coura-
geuse, refusèrent de céder à ce caprice, et, à
chaque menace d'invasion et de ruine, répondirent
qu'ils étaient prêts à mourir plutôt que de voir la
statue de l'empereur dans le lieu saint. Josèphe nous
raconte qu'ils vivaient dans la crainte continuelle
d'être assaillis et dans une consternation telle, qu'ils
négligeaient la culture de leurs champs. La mort
de Caligula détourna l'orage.

(1) Matth., XXIV, 23-26.
(2) Matth., XXIV, 6, 7. Marc, XIII, 7, 8. Luc, XXI, 9, 11.

« *Une nation s'élèvera contre une autre nation* (1). »

Ceci, remarque Grotius, signifie « que les Juifs et les gens d'autres pays, habitant les mêmes villes, se tueraient les uns les autres. » C'est ce qui arriva à Césarée, où les Juifs et les Syriens en vinrent aux mains au sujet des droits de cité. Vingt mille Juifs furent tués, et il n'en resta plus un seul dans la ville. La nation entière en fut exaspérée, et se formant en compagnies, les Juifs incendièrent et pillèrent les villes et les villages des Syriens et tuèrent un grand nombre d'habitants. Les Syriens, à leur tour, massacrèrent une multitude de Juifs : treize mille à Scythopolis, deux mille cinq cents à Ascalon, dix mille à Damas et cinquante mille à Alexandrie. L'hostilité était telle, que, selon Josèphe, « chaque ville était divisée en deux camps. »

Jésus ajoute : « *Et un royaume contre un autre royaume.* »

Cette prédiction trouva son accomplissement dans les guerres du *tétrarchat* et des provinces l'une contre l'autre. Voici le rapport de Josèphe : « Il y avait non-seulement des séditions et des guerres civiles en Judée, mais aussi en Italie, où Othon et Vitellius se disputaient l'empire. »

Signalons en passant ce fait que, lorsque la prédiction du Christ fut prononcée, le temple de Janus

---

(1) Matth., XXIV, 7.

était fermé, parce que la paix régnait dans toute l'étendue de l'empire. Les guerres qui avaient duré bien des années étaient terminées. Les légions romaines étaient partout victorieuses, et Rome se faisait reconnaître comme la maîtresse du monde. On pouvait dès lors présumer que les nations aspiraient au repos et qu'elles resteraient longtemps avant de se replonger dans les horreurs de la guerre. Contrairement à ces probabilités, des guerres, des bruits de guerre et des séditions éclatèrent bientôt de divers côtés.

3° *Troisième signe* : « *Il y aura des famines, des pestes et des tremblements de terre* (1). »

Sous le règne de Claude, il y eut une grande et terrible famine en Judée. Elle est mentionnée dans Actes, XI, 28. C'est pour soulager les fidèles de Jérusalem qui souffraient de cette famine que saint Paul engage les chrétiens à faire des contributions en leur faveur. Suétone et d'autres écrivains en parlent également. Josèphe dit qu'elle fut si terrible à Jérusalem, que plusieurs périrent, et que la reine Hélène fit venir d'Alexandrie et de Chypre de grandes provisions de blé et de figues, sauvant ainsi la vie de bien des gens. Avec la famine se déclara la peste. La famine et la mauvaise nourriture engendrent invariablement des épidémies. Mais dans

---

(1) Matth., XXIV, 7. Marc, XIII, 8. Luc, XXI, 11.

ce cas-ci, la peste arriva la première et fut aggravée par la famine et le manque de soins pour les malades et les mourants. Josèphe écrit : « Les Juifs, assemblés de toutes parts pour la fête des pains sans levain, furent soudainement désolés par la guerre. La peste survint tout d'abord, puis, immédiatement après, une famine pire que la peste. Les morts restaient sans sépulture, ce qui ajoutait encore à la violence de l'épidémie. »

Au sujet des *tremblements de terre*, l'histoire confirme pleinement la prédiction. Philostrate nous parle d'un tremblement de terre en Crète, sous le règne de Claudius ; d'autres encore à Smyrne, Milet, Chios et Samos. Tacite décrit le grand tremblement de terre qui se fit sentir à Rome du temps de Néron, ainsi qu'à Laodicée, Hiérapolis et Colosse, qui furent détruites. Sénèque mentionne la destruction de la célèbre ville de Pompéi, en Campanie, par un tremblement de terre. Suétone parle d'un autre tremblement de terre à Rome, sous le règne de Galba. Josèphe affirme qu'en Judée les tremblements de terre et les commotions furent terribles. « Toutes ces convulsions, » ajoute-t-il, « se succédèrent rapidement, et très-peu de temps avant la destruction de la ville sainte. »

4° *Quatrième signe* : « *Des choses épouvantables et de grands signes dans le ciel* (1). »

(1) Luc, XXI, 11.

Dans la préface de son livre sur la guerre juive, Josèphe dit : « Je n'oublierai pas de raconter comment le temple fut brûlé et la ville entièrement détruite, ni de mentionner les signes et les miracles qui précédèrent la catastrophe. » Nous trouvons, dans le cinquième chapitre de son sixième livre, le récit détaillé de sept prodiges distincts qu'il annonce comme ayant été terribles. Il parle d'*une étrange lumière à minuit* : « C'est ainsi qu'avant la révolte des Juifs, alors que le peuple était assemblé en grande foule pour la fête des pains sans levain, au huitième jour du mois xanthicus (nisan) et à la neuvième heure de la nuit, une si grande lumière resplendit autour de l'autel et du saint édifice, qu'on se fût cru en plein jour pendant une demi-heure. »

De plus, la porte orientale de la cour intérieure du temple, qui était d'airain, très-lourde, à peine capable d'être fermée par une vingtaine d'hommes et maintenue par des verrous très-solides, s'ouvrit tout à coup d'elle-même vers la sixième heure de la nuit. Ce ne fut qu'avec beaucoup de peine que le capitaine du temple et ses hommes parvinrent à la refermer. Josèphe ajoute que le peuple interpréta cet événement en disant que Dieu ouvrirait la voie de la délivrance, tandis que les savants en conclurent que c'en était fait de la sécurité de leur saint temple, dont la porte s'ouvrait ainsi devant leurs ennemis.

Il nous parle *d'étranges visions de chariots et d'armées* : « Quelques jours après la fête, le 21 du mois (artémisius), il se produisit un phénomène prodigieux et incroyable... Avant le coucher du soleil, des chariots et des troupes de soldats armés apparurent soudain dans les airs. » Il nous raconte aussi *qu'une voix étrange fut entendue dans le temple* : « De plus, à cette fête que nous appelons Pentecôte, comme les prêtres allaient de nuit dans la cour intérieure du temple, selon leur coutume, pour remplir leurs saintes fonctions, ils éprouvèrent un tremblement et entendirent un grand tumulte, bientôt suivi du bruit des voix d'une grande multitude qui disait : « Partons d'ici ! »

Il rapporte encore *les avertissements solennels et fréquents d'un homme nommé Jésus* : « Mais voici encore quelque chose de plus terrible : il y avait un nommé Jésus, fils d'Ananus, plébéien et laboureur, qui arriva pour la fête, au moment où la ville jouissait d'un très-grand calme et quatre ans avant que la guerre fût commencée. C'était à cette fête où il est dans nos usages que chacun élève un tabernacle à Dieu dans le temple. Tout à coup cet homme se mit à crier de toutes ses forces : « Voix de l'orient, voix de l'occident, voix des quatre vents, voix contre Jérusalem et la sainte maison, voix contre les époux et les épouses, voix contre ce peuple tout entier ! » Ce fut là son cri comme il

parcourait nuit et jour toutes les rues de la ville.
Cependant, quelques-uns des plus éminents parmi
le peuple furent indignés contre lui à cause de ce
cri : ils le prirent et le frappèrent de coups ; mais
il ne répondit rien, ne se plaignit pas, et continua
comme auparavant à prononcer les mêmes paroles.
Là-dessus, nos autorités, croyant voir en cet homme
une sorte de fureur divine, l'emmenèrent au procurateur romain. On le battit jusqu'à ce que ses os
fussent mis à nu. Pourtant il ne fit entendre aucune
supplication et ne versa pas une larme ; mais donnant à sa voix le son le plus lamentable possible à
chaque coup de fouet qu'il recevait, il répondait
invariablement : « Malheur ! malheur à Jérusalem ! »
Et il continua cette lamentation jusqu'au temps où
sa prédiction s'accomplit dans notre siége ; alors
elle cessa. Comme il faisait le tour des murailles,
il cria avec la plus grande force : « Malheur ! malheur à la cité et au peuple ! malheur à la sainte
maison ! » et juste au moment où il ajoutait : « Malheur ! malheur à moi ! » une pierre lancée par une
machine l'atteignit et le tua sur place. « Ainsi, »
ajoute Josèphe, « ce peuple misérable, entraîné par
ses flatteurs, ne fit aucune attention et ne voulut pas
croire à des signes si évidents annonçant les cala-
mité qui devaient suivre. »

Ces incidents sont racontés par Josèphe avec
une grande simplicité et une bonne foi incontes-

table. Ils sont confirmés par d'autres écrivains.

Tacite, l'historien romain, en parlant des choses remarquables qui précédèrent la destruction de Jérusalem, dit : « Des prodiges éclatèrent ; des armées furent aperçues se combattant dans les airs ; le temple fut éclairé par le feu soudain des nuages ; les portes du temple furent brusquement ouvertes ; une voix surhumaine se fit entendre, annonçant que les dieux allaient partir, et en même temps il se fit un grand mouvement comme pour un départ... »

5° *Cinquième signe* : « *La persécution des chrétiens et l'apostasie de plusieurs des disciples.* »

« Mais prenez garde à vous-mêmes, car ils vous livreront aux tribunaux et aux synagogues ; vous serez fouettés et vous serez traduits devant les gouverneurs et devant les rois, à cause de moi, pour me rendre témoignage devant eux. Mais il faut que l'Evangile soit auparavant prêché à toutes les nations. Or, quand ils vous mèneront pour vous livrer, ne soyez point en peine par avance de ce que vous aurez à dire, et ne le méditez point ; mais dites tout ce qui vous sera inspiré à cette heure-là, car ce ne sera pas vous qui parlerez, mais ce sera le Saint-Esprit. Alors un frère livrera son frère à la mort, et le père son enfant, et les enfants se lèveront contre leurs pères et leurs mères et les feront mourir. Et vous serez haïs de tous à cause de mon

nom (1). Et alors aussi plusieurs se scandaliseront
et se trahiront les uns les autres, et se haïront les
uns les autres... Et parce que l'iniquité sera multipliée, la charité de plusieurs se refroidira (2). »

Dans ces termes généraux, Jésus énumère une
série de prédictions particulières. Il marque aussi le
temps de leur accomplissement, quand il ajoute :
« Avant tout ceci (c'est-à-dire pendant que devaient
se manifester les quatre signes qui précèdent), ils
mettront les mains sur vous et vous persécuteront. »

L'histoire établit le fait que les chrétiens durent
une grande partie de leurs souffrances à la peste, à
la famine, aux tremblements de terre et autres calamités, leurs ennemis s'imaginant que ces châtiments leur étaient envoyés par leurs dieux à cause
des chrétiens qui se trouvaient au milieu d'eux.
Mais on peut spécifier davantage, soit au point de
vue des termes même de la prophétie, soit à celui
des événements qui l'accomplirent. Il est écrit que
Saul de Tarse, après avoir consenti à la mort
d'Etienne, et ne respirant toujours que menaces
et que carnage contre les disciples, s'adressa
au souverain sacrificateur et lui demanda des lettres pour les synagogues de Damas, afin que
s'il trouvait quelques personnes de cette secte,

---

(1) Marc, XIII, 9-13.
(2) Matth., XXIV, 10, 12.

hommes ou femmes, il les amenât liés à Jérusalem (1). Dans sa défense devant Agrippa, il dit : « Il est vrai que pour moi j'avais cru qu'il n'y avait rien que je ne dusse faire contre le nom de Jésus de Nazareth ; c'est aussi ce que j'ai fait dans Jérusalem, car j'ai mis en prison plusieurs des saints. Et étant transporté d'une extrême rage contre eux, je les persécutais jusque dans les villes étrangères (2). »

Lorsqu'il fut devenu chrétien, la persécution tourna contre lui. Le fait même que quarante personnes s'engagèrent par serment à ne pas manger ni boire qu'ils n'eussent tué Paul montre la haine que ce que l'on appelait son apostasie lui avait attirée de la part des Juifs (3).

La prédiction est très-explicite. Elle dit : « *Vous livrant aux synagogues et vous mettant en prison* (4). » Nous avons ce témoignage qui y répond : « Comme Pierre et Jean parlaient au peuple, les sacrificateurs, le capitaine du temple et les Sadducéens survinrent... Et s'étant saisis d'eux, ils les mirent en prison jusqu'au lendemain... Mais il arriva le lendemain que les chefs du peuple, les sénateurs et les scribes s'assemblèrent à Jérusalem avec Anne, le souverain sacrificateur, Caïphe, Jean,

(1) Actes, IX, 1, 2.
(2) Actes, XXVI, 9-11.
(3) Actes, XXIII, 12.
(4) Luc, XXI, 12.

Alexandre et tous ceux qui étaient de la race sa-
cerdotale ; et ayant fait paraître au milieu d'eux
Pierre et Jean, ils leur dirent : « Par quel pouvoir
ou au nom de qui avez-vous fait ceci ?... » (guérison
du boiteux). Et ils leur défendirent absolument de
parler ni d'enseigner en aucune manière au nom de
Jésus (1). » Lorsque Pierre et Jean continuèrent à
prêcher au nom de Jésus, « alors le souverain sacrificateur et tous ceux qui étaient avec lui se levèrent
et furent remplis d'envie, et ils se saisirent des
apôtres et les mirent dans la prison publique (2). »
Hérode aussi « se mit à maltraiter quelques-uns de
l'Eglise (3), car lorsqu'il se fut emparé de Pierre,
il le mit en prison. »

Cette prédiction entre dans des détails encore
plus spéciaux, quand elle dit : « *Vous serez fouettés
dans les synagogues.* » Voici le témoignage de
l'Ecriture : « Quand le grand-prêtre, avec le conseil et tout le sénat des enfants d'Israël, furent
assemblés dans la synagogue, ayant appelé les apôtres après les avoir fait fouetter, ils leur défendirent
de parler au nom de Jésus (4). » Paul ajoute ce témoignage : « Je mettais en prison et faisais fouet-

(1) Actes, IV, 1-7, 8.
(2) Actes, V, 17, 18.
(3) Actes, XII, 1-4.
(4) Actes, V, 40.

ter dans les synagogues ceux qui croyaient (1). » Il est dit de Paul et de Silas : « Après qu'on les eût frappés de plusieurs coups, ils les firent mettre en prison (2). » Et Paul ne dit-il pas par expérience : « Plus de blessures, plus de prisons... plusieurs fois en danger de mort. J'ai reçu des Juifs cinq fois quarante coups de fouet moins un ; j'ai été battu de verges trois fois ; j'ai été lapidé une fois (3). » Il est probable que lorsqu'il reçut cinq fois des Juifs trente-neuf coups et fut trois fois battu de verges, c'était dans les synagogues, car c'est là qu'on le trouvait prêchant au nom de Jésus.

Encore un autre détail : « *On vous fera comparaître devant les gouverneurs et devant les rois* (4). Jacques et Pierre furent tous deux en effet amenés devant Hérode. Paul plaida devant Félix, Festus et Agrippa, et enfin, à Rome, devant l'empereur Néron. Ce fut pour le nom de Christ que Pierre et Jean furent amenés devant le Sanhédrin. Hérode s'empara de Pierre, afin de plaire aux Juifs. Festus déclara à Agrippa « que Paul n'était chargé par les Juifs d'aucun crime, mais qu'ils avaient seulement quelques disputes avec lui touchant leur superstition et à propos d'un certain

(1) Actes, XXII, 19.
(2) Actes, XVI, 23.
(3) 2 Cor., XI, 23-25.
(4) Matth., XIII, 9.

Jésus mort que Paul assurait être vivant (1). » C'était
ainsi pour le nom de Christ qu'ils comparaissaient
devant les gouverneurs et les rois.

Jésus avait encore annoncé qu'*une sagesse spéciale serait donnée aux disciples* : « Mettez-vous
donc dans l'esprit de ne point préméditer comment
vous répondrez, car je vous donnerai une bouche
et une sagesse à laquelle tous vos adversaires ne
pourront contredire ni résister (2). Car ce ne sera
pas vous qui parlerez, mais le Saint-Esprit (3). »

En effet, quand Pierre et Jean comparurent devant le Conseil, ils furent remplis du Saint-Esprit
et parlèrent de telle sorte que leurs accusateurs
« n'avaient rien à leur opposer (4). » Lorsque Paul
traita devant Félix de la justice, de la tempérance
et du jugement à venir, Félix trembla. Quand il ra-
conta devant Agrippa sa conversion et protesta de
son amour pour son divin Maître, Agrippa s'écria :
« Tu me persuades presque d'être chrétien ! »
C'est ainsi que ceux qui se présentèrent pour disputer contre Etienne « ne pouvaient résister à la
sagesse et à l'esprit par lequel il parlait (5). » C'est
ainsi encore que la défense du premier martyr et

(1) Actes, XXV, 19.
(2) Luc, XXI, 12-15.
(3) Marc, XIII, 11.
(4) Actes, IV, 14.
(5) Actes, VI, 10.

l'esprit dans lequel elle fut faite confondit ses adversaires et démontra la vérité de la religion pour laquelle il souffrait.

Les disciples de Jésus « devaient être haïs de
toutes les nations à cause de son nom (1). » Les
apôtres et les premiers chrétiens furent, en effet,
plus haïs et persécutés que n'importe quelle autre
secte religieuse. Et cela, non parce qu'ils s'opposèrent à l'idolâtrie, — les Juifs en faisaient autant,
— mais simplement à cause du nom de Christ.
Qui plus est, les Juifs s'unirent eux-mêmes aux
païens pour les persécuter. Tertullien peut s'écrier
en parlant de l'unanimité de ces sentiments hostiles : « C'était une guerre contre le nom même de
Jésus. » Tout ce qu'on demandait au martyr pour
le sauver de la mort était de renoncer au nom de
Christ. Lorsque Néron mit le feu à Rome, il éloi-
gna de lui la colère du peuple en la détournant sur
les chrétiens. Tacite ajoute, il est vrai, que ni les
libéralités de l'empereur ni ses sacrifices aux dieux
ne purent enlever au peuple l'impression qu'il était
lui-même l'auteur de ce crime. Aussi Néron, pour
mettre fin à cette rumeur, crut-il devoir insister de
plus fort et infliger aux chrétiens les plus horribles
supplices. Et cela, non pas seulement à cause de
l'incendie de la ville, mais parce qu'ils étaient les

(1) Matth., XXIV, 9.

objets de la haine universelle. Tertullien nous apprend, de son côté, qu'un homme fût-il bon et honnête et possédât-il toutes les vertus humaines, s'il était chrétien, cela suffisait pour le livrer à la fureur populaire.

Combien ces paroles de saint Paul concordent d'une manière saisissante avec la prédiction : « Nous servons de spectacle au monde, aux anges et aux hommes... Nous sommes jusqu'à présent comme les balayures du monde et comme le rebut de toute la terre (1)! »

Mentionnons encore *l'apostasie de plusieurs disciples* (2). On peut en citer quatre traits distincts :

L'iniquité qui abondait. — Le caractère moral des païens (3) était abaissé et dégradé. Josèphe remarque, en parlant des Juifs, « qu'ils abondaient en toute espèce d'iniquité, de sorte qu'il n'y en avait point dont ils ne se rendissent coupables ; c'était au point que si quelqu'un cherchait à inventer quelque nouveau péché, il n'en trouvait pas qui ne fût alors en usage. » Les épîtres de saint Paul nous apprennent d'un autre côté que ce mal s'étendait jusque dans l'Eglise.

De faux prophètes. — Ce ne sont pas les mêmes que les faux christs mentionnés plus haut ; c'étaient

---

(1) 1 Cor., IV, 9-13.
(2) Matth., XXIV, 10. Marc, 13, 12. Luc, XXI, 16.
(3) Rom., I, 23-32.

de faux docteurs qui envahirent de bonne heure les églises fondées par saint Paul et y firent de grands ravages; ce dernier les appelle de « faux apôtres, des ouvriers trompeurs se transformant eux-mêmes en apôtres de Christ et s'introduisant dans les maisons pour y captiver l'esprit de certaines femmes possédées de diverses convoitises... La parole des profanes, dit-il ailleurs, ronge comme la gangrène (1), de ce nombre sont Hyménée et Philète qui renversent la foi de quelques-uns. »

« *Plusieurs se scandaliseront,* » ajoutait le Sauveur, « *et la charité de plusieurs se refroidira.* » — L'apôtre Jean dit à son tour, à l'appui de ces paroles : « Ils sont sortis d'entre nous, mais ils n'étaient pas des nôtres; ils seraient demeurés avec nous; mais cela est arrivé afin qu'il parût que tous ne sont pas des nôtres (2). » — « Tu sais, » écrit Paul à Timothée, « que tous ceux qui sont d'Asie m'ont abandonné, parmi lesquels sont Phygelle et Hermogène (3). » Et plus loin : « Car Démas m'a abandonné, ayant aimé ce présent siècle. » Et encore : « Alexandre, l'ouvrier en cuivre, m'a fait souffrir beaucoup de maux; garde-toi aussi de lui. » — « Personne ne m'a assisté dans ma première dé-

---

(1) 2 Tim., III, 6 ; II, 17, 18.
(2) 1 Jean, II, 19.
(3) 2 Tim., I, 15.

fense, mais tous m'ont abandonné (1). » Un temps de persécution est toujours un temps d'aposta-sie.

Ils devaient se trahir les uns les autres jusqu'à la mort. — Le trahison est un des fruits terribles de l'apostasie ; quand un homme, par honte ou par crainte, renie le Seigneur et brise les liens qui l'attachaient à son Maître, il est capable aussi de rompre les liens du sang et de la parenté. Paul dit, d'après sa propre expérience : « J'ai été en danger parmi ceux de ma nation, en danger parmi les Gen-tils, en danger dans les villes, en danger dans les déserts, en danger sur la mer, en danger parmi les faux frères (2). »

Tacite, après nous avoir raconté les raffinements de supplices infligés aux chrétiens lors de la persé-cution de Néron, ajoute que la crainte était si grande, que des parents livrèrent leurs enfants et des enfants leurs parents à la mort la plus cruelle. Il y eut des gens qui amenèrent délibérément leur propre enfant, ou leur vieux père ou leur propre mère, en disant : « Celui-ci est un chrétien. »

Pour consoler et encourager les disciples, le Seigneur déclare que « celui qui persévérera jusqu'à la fin sera sauvé. » Les deux mondes sont mis en

---

(1) 2 Tim., IV, 10, 14, 15.
(2) 2 Cor., XI, 26.

balance ; la bénédiction éternelle contre les souffrances temporelles.

6° *Sixième signe : l'Evangile devait être prêché
parmi toutes les nations* (1).

Ce dernier signe des temps semblait, de tous, le
plus improbable. Le fondateur de la nouvelle religion
était un Juif, méprisé de sa propre nation et ignomi-
nieusement mis à mort. Ceux qui le suivaient étaient
peu nombreux, et ses apôtres, des hommes igno-
rants et du commun peuple. Cette religion ne récla-
mait pas une place parmi les autres religions, mais
prétendait être la seule vraie. Elle demandait aux
hommes d'abandonner leurs anciennes coutumes et
leurs anciens dieux. Elle ne faisait aucun appel à
des intérêts mondains et égoïstes ; elle ne promettait
aucun honneur dans cette vie, mais exigeait de renoncer à soi-même et de porter sa croix chaque
jour ; cette nouvelle religion en appelait à la vérité,
à la conscience de chaque homme. Elle ne demandait pas le secours des armes ; elle ne s'alliait pas à
l'Etat, mais faisait dépendre uniquement son succès
de la prédication de l'Evangile et de l'aide invisible
du Saint-Esprit.

Dans de telles circonstances, alors que son fondateur venait d'être crucifié, il semblait impossible que
cette nouvelle religion prît de l'extension. Et ce-

(1) Matth., XXIV, 14.

pendant tel fut son développement qu'en une seule
génération, l'Evangile fut prêché à toutes les nations alors connues. Nous avons ici deux sortes
différentes de preuves.

1° *L'histoire sacrée.* — Quelques jours après l'ascension de Christ, il y avait à Jérusalem cent-vingt
disciples. Environ une semaine après, le jour de
Pentecôte, trois mille âmes furent ajoutées à
« l'Eglise. » Quelques jours après, « le nombre des
chrétiens était de cinq mille. » Il est écrit aussi
« que des multitudes de croyants, hommes et femmes, se joignirent aux disciples du Seigneur, » qu'un
« grand nombre de sacrificateurs obéissaient à la
foi, » et que « le Seigneur ajoutait chaque jour à
l'Eglise des âmes pour être sauvées. » Cette extension rapide parmi les Juifs eut surtout lieu pendant
les deux années qui suivirent la crucifixion. Les
nombreux étrangers rassemblés à Jérusalem et convertis le jour de la Pentecôte, en retournant dans
leur pays emportèrent avec eux et firent connaître
l'Evangile. Sept ans s'étaient à peine écoulés que
cet Evangile était prêché aux Gentils, à Césarée;
l'année suivante, à Antioche, où, sous l'influence
de Barnabas, « bien des gens furent amenés au
Seigneur. » A la mort d'Hérode, il est dit « que les
églises étaient en paix par toute la Judée, la Galilée et la Samarie, étant édifiées et marchant dans
la crainte du Seigneur, et qu'elles étaient mul-

tipliées par la consolation du Saint-Esprit (1). »

Lorsque Paul était à Iconie, « une grande multitude de Juifs et de Grecs crurent. » Seize ans après l'ascension de Jésus, Paul trouva que les Gentils convertis à Antioche, en Syrie et en Cilicie « étaient affermis dans la foi et *augmentaient tous les jours en nombre.* »

A Thessalonique, « un grand nombre de Grecs se convertirent. Les titres mêmes des épîtres apostoliques montrent avec quelle rapidité vraiment merveilleuse l'Evangile s'était répandu. Paul écrit aux saints à Rome, à Philippes, à Corinthe, en Galatie, à Ephèse, à Colosse et à Thessalonique. Pierre adresse ses lettres aux élus répandus à travers le Pont, la Galatie, la Cappadoce, l'Asie et la Bithynie.

Paul rend grâces à Dieu de ce que la foi des chrétiens de Rome est glorifiée dans le monde entier (2). »

2° *L'histoire profane.* — Tacite écrit que cette superstition empestée s'étendit, non-seulement à travers la Judée, mais même dans la ville de Rome, et que de grandes multitudes de chrétiens furent saisis et mis à mort par l'empereur. Clément, qui fut contemporain de saint Paul, dit en parlant de lui : « Il

(1) Actes, IX, 31.
(2) Rom., XVI, 19.

prêcha l'Evangile tant à l'Orient qu'à l'Occident; il
enseigna au monde entier la justice et voyagea jusqu'aux extrêmes limites du monde. » Le témoignage
d'Eusèbe établit « que les apôtres prêchaient l'Evangile dans le monde entier, et que quelques-uns d'entre eux passèrent même au delà de l'Océan, dans
les îles de la Bretagne. » Théodoret déclare « que
les apôtres avaient persuadé à chaque nation et
à chaque peuple d'embrasser l'Evangile. » La propagation merveilleuse de cette religion s'accomplit tout entière dans l'intervalle de trente ans.
Le témoignage de Pline le jeune dans sa lettre à
l'empereur Trajan, écrite quelques années après
la destruction de Jérusalem, démontre combien
cette propagation a dû être rapide et étendue.
Nous apprenons que, durant son proconsulat dans
le Pont et en Bithynie, les chrétiens abondaient
dans ces provinces. Pline déclare avoir pris des
informations, mais sans pouvoir découvrir aucun
mal dans la religion nouvelle. Il dit « qu'il jugea
nécessaire de consulter l'empereur, surtout à cause
du grand nombre de personnes qui étaient en danger de souffrir; car il y avait beaucoup d'accusés
de tout âge, de tout sexe et de tous rangs. La
contagion de cette superstition n'a pas seulement
saisi les cités, mais encore les petites villes et les
campagnes. » Il ajoute « que les temples des dieux
sont presque déserts, les solennités sacrées presque

interrompues, les autels sans victimes et sans sacrifices. »

Il ne fallait rien moins, pour prédire tant d'événements improbables, que l'esprit infaillible de la prophétie. Un homme versé dans l'histoire et connais-
sant à fond la nature humaine peut parfois prévoir le
résultat général de certains événements, mais il ne
saurait appartenir à l'homme d'entrer dans de tels
détails sur ce qui ne doit arriver qu'à trente années
d'intervalle. C'est là pourtant ce qu'a fait Jésus de
Nazareth, comme l'établit surabondamment ce qui
précède. Devant une telle évidence, qui oserait
lui contester sa mission prophétique et divine tout
ensemble, et lui refuser les titres de Messie et de
Fils de Dieu qu'il revendique pour lui-même avec
une incomparable autorité ?

CHAPITRE VI

L'INVESTISSEMENT

« Les jours viendront sur toi que tes ennemis t'environneront de tranchées, t'enfermeront et te serreront de toutes parts. »

Luc, XIX, 43.

Lorsqu'on apprit à Rome la nouvelle de la retraite de Cestius Gallus, ainsi que la perte de soldats, de machines de guerre et d'approvisionnements qui l'avaient accompagnée, l'empereur se montra très-irrité. Il se décida à réparer cet échec et envoya promptement Vespasien, le plus capable de ses généraux, à Jérusalem, avec une armée de soixante mille hommes. Vespasien commença ses opérations au printemps, l'an 67, en reprenant les forteresses qui se trouvaient sur son chemin et dont les Juifs s'étaient emparés. Ceux-ci les défendirent avec un courage désespéré. L'armée romaine fut tenue en échec pendant quarante-sept jours devant Jopata, petite ville, défendue par Flavius Josèphe, prêtre de la race des Asmonéens, que les Juifs avaient nommé gouverneur de Galilée.

C'est ce Josèphe dont il a été question plus haut.

Il fut fait prisonnier. Convaincu de l'inutilité de la révolte, il ne fit plus aucune opposition, et dans bien des occasions il chercha, mais sans succès, à engager ses compatriotes à éviter de nouvelles effusions de sang et à faire de nouveau alliance avec les Romains. Après avoir gagné l'amitié personnelle de Vespasien et de Titus son successeur, il devint le témoin et l'historien de la ruine terrible de sa patrie et de son peuple. Malgré la bravoure et l'acharnement déployés par les Juifs dans la défense des places et des forteresses attaquées, la défaite de Cestius Gallus n'en fut pas moins vengée de la manière la plus terrible par la prise des villes et le massacre de leurs habitants.

L'hiver et le printemps de 68 à 69 furent employés à soumettre l'Idumée et les régions sud de la Judée. Vespasien ne se hâta pas de s'approcher de Jérusalem, sachant que les Juifs, profondément divisés, perdaient leurs forces et épuisaient leurs ressources dans des luttes intestines. Il persuada à ses généraux qu'il valait mieux les laisser s'entre-détruire. Les événements qui se passaient à Rome l'obligèrent à retourner dans cette ville, où il ne tarda pas à être proclamé empereur. Il remit la direction de la guerre à son fils Titus, qui commença immédiatement le siége de Jérusalem, au moment de la fête de Pâques, l'an 70 ap. J.-C., alors que la ville était complétement remplie de gens venus de toutes les parties du pays. Après un examen attentif de la situation, il décida que, pour réussir, il devrait entourer la ville entière d'une muraille.

On ne pouvait guère s'attendre à ce qu'un général jugeât à propos de construire une muraille ou une tranchée autour de la ville assiégée. La disposition du terrain, la nature de la contrée environnante était telle, que la construction de cette muraille ne devait pas seulement coûter des travaux inouïs, mais encore un grand nombre de vies d'hommes. La prédiction qu'un tel ouvrage devait être accompli et mené à bonne fin ne semblait pas devoir s'accomplir, tant elle paraissait invraisemblable. Josèphe nous raconte que quand les Romains eurent plusieurs fois et toujours sans succès assailli la ville, Titus tint conseil avec ses généraux. Quelques-uns étaient d'avis qu'on devait faire avancer l'armée entière et donner l'assaut. Mais d'autres, plus prudents, voulaient soit élever des plates-formes pour installer les béliers, soit simplement cerner la ville, empêcher les sorties des Juifs et l'entrée des provisions, et ainsi réduire leurs ennemis par la famine... Néanmoins, Titus ne jugea pas à propos de laisser une si grande armée inactive. Il démontra à ses généraux combien il serait impraticable, à cause du manque de matériaux, d'élever de nouveaux talus et d'empêcher les Juifs de faire des sorties. L'idée de cerner la ville n'était pas très-pratique, à cause de l'étendue de Jérusalem, de sa position difficile et du danger que pouvaient offrir pour l'armée romaine les sorties des assiégés. Celle-ci aurait beau garder les passages connus; lorsque les Juifs se trouveraient en grande détresse, ils en trouveraient de secrets, ce qui prolongerait indéfiniment le siége en permettant aux assiégés de se ravitailler. D'un autre côté, Titus craignait que la perte de temps ne diminuât la gloire de son succès. Son opinion était donc que pour s'assurer une prompte réussite, le mieux était pour lui d'élever une muraille autour de la ville. C'était le seul moyen d'empêcher les sorties, de réduire les habitants à demander merci, ou de les prendre promptement par la famine... Personne, d'ailleurs, ajoutait-il, ne devait trouver cette œuvre trop grande, puisqu'il était au-dessous de la dignité romaine de faire des travaux sans importance, et qu'un Dieu seul pouvait accomplir avec facilité les choses difficiles. Ainsi Titus donna l'ordre de distribuer le travail à l'armée dont les légions rivalisèrent de zèle.

La longueur de la muraille fut de quarante stades, ce qui fait environ deux lieues. Treize petits forts construits non loin de ce mur devaient être occupés par la garnison. Leur circonférence était en tout de treize stades, ce qui portait le développement total de tout l'ouvrage à près de trois lieues. Josèphe assure que cette muraille, avec ses dix tours et ses forts détachés, fut achevée dans le court espace de trois jours.

Ce peu de temps n'a rien d'invraisemblable, si nous tenons compte de ce fait, qu'il ne s'agissait pas d'un mur de pierres, mais d'une simple construction en terre et qu'une armée de soixante mille hommes y fut employée.

Grâce à ce mur, la ville pouvait aisément être gardée par un petit nombre de soldats; car qu'étaient soixante mille Romains contre la multitude de Juifs! Ce mur était si complétement fermé de tous les côtés que personne ne pouvait s'échapper et qu'aucune provision ne pouvait être introduite. La hardiesse de ce plan et sa promptitude d'exécution sont très-remarquables. « Au bout de ces trois jours, » dit Josèphe, « une foule venue pour la fête se trouva enfermée par l'armée romaine. »

Un fait digne de remarque, c'est que, depuis Moïse et pendant une période de plus de cinq cents ans, dans laquelle doivent trouver place de nombreuses guerres, jamais les Juifs ne furent attaqués au moment de leurs fêtes religieuses. Les jours de leurs assemblées solennelles étaient des jours de paix. Pendant de longs siècles, la promesse de l'Eternel avait tenu ferme : « Nul ne formera des desseins contre ton pays lorsque tu monteras pour te présenter trois fois l'an devant l'Eternel ton Dieu (1). » Mais quand cette nation, que Dieu avait choisie, à laquelle il donna la garde de sa loi et la révélation de sa volonté ; quand cette nation, pour laquelle il avait fait tant de miracles et sur laquelle le bouclier de sa protection s'était étendu ; quand cette nation apostasia et rejeta Jésus, le vrai Messie, alors disparut pour elle tout l'effet des promesses protectrices.

Ce qui précède prépare bien tristement à l'accomplissement des prophéties qui restent encore ! L'abomination de la désolation règne maintenant dans la terre de la promesse. Les étendards romains flottent insolemment autour de Jérusalem. Les travaux du peuple-roi étendent leurs bras autour de la ville condamnée et enferment à l'intérieur ses habitants entassés qui vont devenir la proie de la famine, de la peste, du feu et de l'épée. Il est arrivé, le jour de la justice, où toutes les terribles menaces que Dieu a écrites au sujet de cette nation doivent trouver leur sanglant et douloureux accomplissement ; « car voici, dit l'Eternel, les jours de la vengeance, où une grande détresse sera déchaînée sur le pays et la colère sur le peuple. »

(1) Ex., XXXIV, 24.

CHAPITRE VII

SOUFFRANCE DES JUIFS ASSIÉGÉS

« Il y aura une grande affliction, telle que depuis le commencement
du monde jusqu'à présent il n'y en a point eu et qu'il n'y en aura jamais de semblable. Alors si quelqu'un vous dit : le Christ est ici, ou :
il est là, ne le croyez point, car de faux christs et de faux prophètes
s'élèveront et feront de grands signes et des prodiges pour séduire les
élus eux-mêmes, s'il était possible. Voilà, je vous l'ai prédit. »

MATTH., XXIV, 21, 23, 25.

La destinée des Israélites intéresse profondément les chrétiens du monde entier. Après Dieu,
c'est à eux que ceux-ci doivent les saintes Ecritures ; ce sont les Juifs qui les ont écrites. Ce sont
les Juifs qui ont conservé pendant des siècles la
garde de l'Ancien Testament, et pendant quelques
temps ce furent aussi les Juifs qui devinrent les con-
servateurs, comme ils étaient sous la main de Dieu
les écrivains du Nouveau. Cette nation était le peuple de Dieu ; c'est en sa faveur qu'il fit plusieurs
miracles c'est sur elle qu'il répandit les trésors de

son amour. Jésus-Christ est sorti de la Judée ; c'est le sol de ce pays qu'il a foulé de ses pieds et arrosé de ses sueurs. Ses merveilleux discours furent prononcés et ses miracles accomplis dans ses bourgades, dans ses villes, dans sa capitale aussi bien que dans ses déserts et sur les rives de son beau lac. C'est là « qu'il souffrit pour le péché, là qu'il mourut, lui juste pour nous injustes, afin de nous amener à Dieu. » C'est de là enfin qu'il fut élevé sur son trône. Quoiqu'il fût « de la race de David, selon la chair, » ses compatriotes, les Israélites, « crucifièrent le Seigneur de gloire. » Ils demandèrent la mort de Celui qui était venu pour les sauver, et crièrent : « Que son sang soit sur nous et sur nos enfants. » Cette infidélité devait amener la ruine de leur Jérusalem bien-aimée.

Dans les pages suivantes, nous essaierons de dépeindre les misères qui précédèrent et accompagnèrent cet événement. L'autorité historique sur laquelle nous nous appuierons sera habituellement celle de Josèphe, bien que nous ne le citions pas toujours. Il est vrai que dans certaines parties de son grand ouvrage, Josèphe tombe dans les préjugés et l'exagération ; mais les faits qu'il raconte concernant la ruine de sa nation et la destruction de sa capitale sont généralement dignes de toute confiance. Jérusalem était « le plus beau lieu du pays » et « la joie de toute la terre ; »

Mais le Seigneur a accompli ses desseins. Il a renversé et n'a pas eu pitié ; il a englouti Israël, enseveli ses palais, détruit ses forteresses et augmenté chez la fille de Juda le deuil et la lamentation.

Les misères que nous allons raconter sont celles qui précédèrent et qui accompagnèrent la destruction de Jérusalem. En parlant des souffrances endurées par les Juifs, leur propre historien emploie les paroles mêmes du Sauveur : « En vérité, » dit-il, « entre toutes les villes qui tombèrent au pouvoir des Romains, c'est la nôtre qui, après avoir été favorisée plus que pas une, fut précipitée dans la plus grande misère. A mon avis, les calamités tombées sur les Juifs dépassent celles de tous les autres peuples. La multitude de ceux qui périrent alors dépassa le chiffre de toutes les destructions que Dieu ou l'homme aient jamais précipitées sur le monde. Aucune cité ne souffrit jamais de pareilles choses, et aucune génération, depuis le commencement des temps, n'a été visitée par d'aussi affreuses maladies. »

Pour comprendre la force et la justice d'un tel langage, comme aussi l'exact accomplissement d'une si terrible prédiction, nous devrons entrer un peu minutieusement dans les faits et les considérer en détail. Sur quelques-uns, néanmoins, nous jetterons un voile ; ils sont trop horribles et trop honteux pour pouvoir être racontés.

LES BRIGANDS

Les misères des Juifs provenaient surtout de deux sources : des brigands et des factieux rassemblés dans l'intérieur de la ville, et des Romains qui l'assiégeaient au dehors. C'est de la première que nous allons parler. Rappelons que Jérusalem, en même temps qu'elle était infestée par ces brigands et déchirée par ces factions dont les chefs rivalisaient de cruauté, était décimée en même temps par la plus épouvantable famine.

Parlons d'abord des brigands. Les chefs de ces troupes de malfaiteurs, après s'être rassasiés de rapine dans les campagnes, rassemblèrent de tous côtés des hommes entreprenants comme eux. Ils constituèrent ainsi une bande redoutable, se glissèrent dans Jérusalem, et, se joignant à des compagnons pires qu'eux-mêmes, commirent toutes sortes de barbaries. Ils ne bornèrent pas leurs méfaits au vol et au pillage, mais allèrent jusqu'au meurtre. Ils s'attaquèrent aux hommes les plus éminents de la ville, ouvertement et sans crainte.

Le premier qui eut affaire à eux fut Antipas, de race royale, l'homme le plus important de la ville, qui lui avait confié la garde du trésor public. Ils le saisirent et l'emprisonnèrent avec Lévia et Sophas, comme lui de race royale, et avec

plusieurs autres notables. Ne trouvant pas prudent
de garder en prison des gens aussi influents à cause
de leurs nombreux et puissants amis, « ils résolurent de les mettre à mort. On envoya donc un certain Jean, le plus sanguinaire de la bande, qu'on
chargea de cette exécution. Dix hommes l'accompagnèrent et ils coupèrent la tête à tous les prisonniers. » Ce meurtre causa une grande consternation parmi le peuple, et chacun ne s'occupa plus
que de prendre soin de sa propre conservation.

La population en arriva à un tel excès de bas-
sesse, et ces brigands à un tel degré de folie, que
ces derniers s'érigèrent le droit de nommer les souverains sacrificateurs. Lorsqu'ils eurent annulé l'hé-
rédité dans les familles où l'on choisissait ce grand
dignitaire, ils nommèrent à ce poste des hommes indignes et obscurs, afin de pouvoir compter sur leur concours pour les aider dans leurs coupables entreprises. Ceux qui obtenaient cette haute
position, honorable entre toutes, étaient ainsi forcés
de servir ceux qui la leur avaient donnée. « Ils eurent
soin aussi de mettre les principaux en désaccord
les uns avec les autres, ce qui leur permit, au milieu des querelles de ceux qui auraient pu les tenir
en échec, de faire ce qui leur plaisait. A la fin, ils
en agirent de la sorte avec Dieu lui-même et pénétrèrent dans le sanctuaire les pieds et les mains
souillés... Ces hommes firent du temple une for-

teresse pour leur défense. Le sanctuaire était maintenant devenu un repaire de brigands. »

Alors que chacun était dans l'indignation de voir ces hommes de rapine et de sang s'emparer ainsi du sanctuaire, Ananus, le plus âgé des souverains sacrificateurs, parut au milieu du peuple, et tenant fréquemment les yeux fixés vers le temple, il versa d'abondantes larmes. « Certes, » dit-il, « il eût mieux valu pour moi mourir avant d'avoir vu le temple de Dieu souillé de tant d'abominations et ses saints parvis profanés par les pieds de ces hommes sanguinaires. » Puis il supplia la multitude de marcher contre eux, rappelant en termes éloquents leur tyrannie, leurs sacriléges, leurs trahisons, leurs cruautés et leurs abominations. Il reconnut, il est vrai, qu'il serait difficile de les disperser par la force, à cause de leur nombre et de leur intrépidité, mais surtout parce qu'ils ne s'attendaient à aucune merci pour leurs crimes.

Une lutte désespérée et sanglante s'ensuivit. La passion armait les bras des combattants. Ils commencèrent par se jeter des pierres, puis en vinrent aux mains. Il y eut bon nombre de blessés. Les parents de ceux qui étaient morts emportaient les corps dans leurs demeures ; mais les brigands montaient les leurs au temple et souillaient ainsi de sang les parvis sacrés.

Pendant ces luttes, les brigands faisaient des

sorties incessantes hors du temple (c'est-à-dire hors
de la muraille qui entourait le mont Morijah) et re-
prenaient l'avantage sur le peuple. La populace,
très-irritée, s'assembla en plus grand nombre et
força ceux qui voulaient se retirer à tenir bon, de
sorte qu'on obligea les brigands à rentrer dans le
temple.

« Comme Ananus ne trouvait pas convenable
d'attaquer les saintes portes, il purifia six mille hommes et les plaça comme gardes dans les galeries. »
Ainsi enfermés, les brigands se trouvèrent dans
une grande perplexité. Ils finirent par envoyer secrètement deux messagers aux Iduméens, les sup-
pliant de venir immédiatement à leur aide.

Bientôt une multitude de ces hommes désespé-
rés arrivèrent en foule devant les murailles.

Ce fut en vain qu'Ananus les harangua et s'efforça
de les disperser. Un orage terrible éclata sur ces
entrefaites. Prenant avantage du bruit et de la confusion dont nous parlerons plus tard, ces factieux
scièrent une des portes du temple, parvinrent à
éviter les gardes et ouvrirent les portes de la cité
haute (Sion) à des hordes d'Iduméens qui s'y précipitèrent et coururent à la délivrance des brigands.

Ils traversèrent le pont qui reliait la montagne de
Sion à Morijah. Les brigands, avertis de leur approche, sortirent hardiment de l'intérieur du temple

LA PORTE D'OR A JÉRUSALEM.

(cour des Israélites), s'élancèrent sur les gardes et les massacrèrent.

Une terrible lutte s'engagea. Comme il n'y avait ni lieu où fuir ni le moindre espoir de salut, ils furent jetés les uns sur les autres en monceaux, et il s'ensuivit un terrible carnage, dans lequel Ananus fut tué. Il ne restait plus au peuple aucun moyen d'échapper. Pressées par les meurtriers, des multitudes se précipitèrent la tête la première dans la ville basse (Acra), où elles périrent misérablement. Le temple extérieur (cour des gentils) débordait de sang et fut jonché ce jour-là de huit mille cinq cents cadavres, car le peuple fut abandonné sans merci à la violence et à la rapine de ces assassins.

Leur rage ne fut pas assouvie par ce carnage. Les brigands descendirent dans la ville et pillèrent toutes les maisons. Ils tuaient tous les citoyens qu'ils prenaient, trépignant sur leurs cadavres, les insultant et les jetant au loin sans les enterrer.

Après cela, ils se ruèrent sur le peuple comme une troupe d'animaux immondes, tuant sans merci. Les nobles et les jeunes gens furent par eux jetés en prison, battus et soumis à de telles tortures, qu'ils suppliaient comme une grâce leurs bourreaux de les achever. Ceux dont ils s'emparaient dans la journée étaient égorgés et emportés la nuit pour faire place à d'autres. La terreur était si grande parmi le peuple, que nul n'avait le courage de pleu-

rer son mort ou de l'enterrer, et que ceux qui
étaient enfermés dans leurs maisons n'osaient pleurer qu'en secret, de crainte que leurs lamentations
ne fussent entendues du dehors et ne leur fissent
bien vite partager le sort des victimes. Douze mille
hommes parmi les classes élevées périrent de cette
manière.

Les brigands s'étant emparés d'un homme de
haute naissance et de grand courage appelé Niger,
de Pérée, le traînèrent à travers la ville. Lorsqu'il
fut hors des portes, désespérant de sa vie, il les
supplia du moins d'accorder la sépulture à son cadavre. Ils la lui refusèrent en l'insultant. Il fit alors
cette imprécation : « Je souhaite que vous endu-
riez la famine et la peste dans cette guerre, et que
vous en veniez à vous exterminer les uns les autres ! » — Dieu devait bientôt réaliser ce désir.
Peu de temps après, ces misérables furent punis de leur propre rage par leurs luttes intestines.
Endurcis et sans pitié, ils n'avaient ni repentance
ni regrets, et aucun sentiment humain ne semblait
les toucher.

LES FACTIONS

Avec les factions, l'état de lutte permanente
allait commencer au sein du peuple. Josèphe dit
que l'esprit de querelle était tel que chaque famille

était divisée et que des séditions éclataient de toutes parts. Cet état de choses, cependant, ne devint terrible que lorsque, à leur tour, les brigands se divisèrent entre eux et prirent une attitude hostile les uns vis-à-vis des autres. Ce fut alors surtout que la misère et la terreur s'emparèrent des malheureux habitants de Jérusalem.

Si terribles que fussent déjà ces scènes d'horreur, elles ne devaient être cependant qu'un commencement de souffrances et l'accomplissement des premiers châtiments annoncés par le Sauveur. Elles ne furent que l'introduction des scènes bien plus horribles encore qui vont suivre.

Il existait trois factions principales. A la tête de chacune d'elles était un chef cruel et sans scrupules. Les noms de ces chefs étaient : Eléazar, fils de Simon, Jean de Gischala, fils de Lévi, et Simon de Girasa, fils de Gioras. Chacun de ces hommes devait jouer un rôle considérable dans cette terrible tragédie.

Eléazar, fils de Simon, était le plus habile et le plus insinuant. Après s'être séparé de Jean de Gischala, dont il devint jaloux, il se forma une bande de deux mille quatre cents hommes, parmi lesquels il y en avait plusieurs de très-puissants. Ils s'emparèrent de la cour intérieure du temple, c'est-à-dire de la cour des prêtres où était l'autel. Ils se sentaient forts parce qu'ils avaient sous la main d'abondantes provisions qui avaient été mises à part pour le service du temple, et qu'ils ne se faisaient aucun scrupule d'employer à leur usage personnel. La position d'Eléazar était très-forte, cette partie du temple étant bâtie sur un terrain plus élevé que les cours extérieures occupées par Jean. C'était la première fois que des factions osaient s'emparer du lieu saint. Jean, qui tenait en son pouvoir les cours extérieures, permettait au peuple de monter à l'autel, afin que chacun pût s'acquitter des offrandes et des sacrifices, parce que c'était avec ces offrandes qu'il soutenait sa troupe. A tout autre moment les avenues étaient strictement gardées.

Jean de Gischala, *fils de Lévi*, était le chef des *Zélotes*. Cette faction commettait toutes sortes d'iniquités au nom de la religion. Menteur habile et rusé, Jean affichait de froides prétentions à l'humanité; mais dès que l'appât du gain l'amorçait, il se montrait cruel et sanguinaire.

C'était un homme retors et passionné pour la tyrannie. Il rassembla d'abord une bande de quatre cents hommes qu'il avait choisis à cause de leur constitution robuste, de leur caractère énergique et de leur habileté dans les combats. Cette bande s'accrut par la suite jusqu'au nombre de six mille hommes. Jean se maintint à sa tête pendant tout le siége jusqu'à la prise de la ville par les Romains. Pauvre d'abord, et pendant quelque temps gêné

par sa pénurie dans son ambition de commandement, il fit rapidement son chemin en commettant
les crimes les plus épouvantables et en gagnant
ses partisans à force d'audace et de promesses.

Partout où Jean conduisit ses troupes, il frappa
ses adversaires de terreur et fut l'objet des adula-
tions les plus abjectes et les plus serviles. Telle
était la terreur qu'inspirait son nom que, lorsqu'il
entra à Jérusalem avec sa suite, le peuple entier se
souleva. Par ses harangues artificieuses, il corrom-
pit les jeunes gens et les enrôla dans son parti.
Pendant les conflits que le peuple eut avec les brigands, ce même Jean allait trouver le jour Ananus,
le grand prêtre, et s'occupait avec lui des meilleurs
moyens de réduire les brigands ; puis, la nuit, il
divulguait aux brigands les secrets qu'il avait appris,
de sorte que ces derniers étaient par lui tenus au
courant de toutes les décisions du peuple.

Comme on le soupçonnait, on lui demanda de
prêter serment de fidélité. Immédiatement, il jura
qu'il serait avec le peuple, ne trahirait ni ses conseils, ni ses actes, et l'aiderait de son bras et de ses
avis contre les brigands. Il fut donc admis avec
confiance à prendre part aux délibérations, et même
envoyé vers les brigands avec des propositions de
paix. Quelque étrange que cela paraisse, cet homme
sans foi ni loi gagna peu à peu en influence, tant
le peuple était aveuglé.

Il se servit habilement de tous les moyens, jusqu'à ce qu'il put tenir sous son autorité le corps entier de ces hommes téméraires, vivant des crimes qu'ils commettaient.

Jean avait d'abord pris possession de toute la ville, et y accomplissait sans pitié son œuvre de rapine et de destruction. Les habitants, poussés au désespoir, invitèrent Simon de Girasa à venir à leur aide, espérant ainsi tenir Jean en échec. Simon se tenait aux portes de la ville avec vingt mille partisans. Jean fut donc chassé de la cité, et obligé de se réfugier dans les cours extérieures du temple (cours des Gentils); le peuple l'y tint bloqué. Simon, de son côté, avait pris possession de Sion ou la ville haute, ainsi que d'une grande partie d'Acra ou la ville basse; la forte tour de Phasaël, qui séparait la ville haute de la ville basse, était son quartier général.

Ces factions féroces se surveillaient l'une l'autre d'un œil jaloux. Dans leurs querelles, elles en venaient très-rarement aux armes; mais se battaient avec acharnement contre le peuple; c'était à qui remporterait le plus de butin. Les malheureux dépouillés par Simon étaient renvoyés à Jean et réciproquement, de sorte que chacun d'eux obtenait ce qui restait des exactions de l'autre. Des factions opposées se disputent ordinairement avec une haine invincible; mais dans ce cas, tous les principes or-

dinaires des actions humaines étaient renversés. —
Toutes ces factions s'accordaient entre elles du
moment qu'il s'agissait de piller et d'accabler les
habitants.

Nous nous bornerons à donner deux exemples
de la violence de Jean. Dans une occasion, à Pentecôte, Eléazar et son parti, qui tenait en sa possession l'intérieur du temple (cour des prêtres), ouvrirent les portes et admirent tous ceux d'entre le
peuple qui voulaient venir adorer Dieu; Jean se
servit de cette fête comme d'un manteau pour couvrir son plan artificieux. Il envoya ses hommes avec
des armes cachées sous leurs vêtements, sous prétexte d'assister au culte. A peine furent-ils entrés
qu'ils jetèrent leurs déguisements et parurent en armes. Cela produisit un grand désordre. Terrifiés
par cette démonstration soudaine et hardie, les
gens qu'Ananus avait placés en sentinelles contre
Jean quittèrent leurs postes, et s'enfuirent dans les
souterrains du temple. Le peuple qui était resté
tremblant devant l'autel, fut écrasé et battu sans
merci avec des instruments de fer; un grand nombre furent égorgés. Après avoir ainsi frappé tout le
monde de terreur, Jean s'empara de l'intérieur du
temple, de toutes les provisions et des engins de
guerre qu'on y avait rassemblés.

Voici le second fait. Jean permettait à ses partisans de faire tout ce qui leur semblait bon. Leur

envie de piller était insatiable, de même que leur zèle pour rechercher les maisons des riches. Les assassinats et les outrages leur étaient un jeu. Ils dévoraient les dépouilles et commettaient toute espèce d'iniquité sans crainte d'être punis. Ils se revêtaient d'habillements de femme, se fardaient, se déguisaient ; puis, tout à coup, exhibant leurs armes, fondaient sur les passants et les égorgeaient sans pitié. Un voile doit être tiré sur les scènes d'horreur et de honte commises par ces misérables.

Simon de Girasa, fils de Gioras, déjà nommé. — Josèphe dit, en parlant de cet homme, « qu'il n'était pas aussi rusé que Jean, mais qu'il était supérieur en force physique et en courage. » Il rassembla une foule de gens avides de changements, et se mit à commettre de nombreuses déprédations. Il ne pilla pas seulement les maisons des riches, mais il infligea toutes sortes de mauvais traitements à leurs possesseurs, et soutint ouvertement son autorité par la tyrannie. Pendant la première partie de sa vie, il habitait Masada et il pilla la contrée environnante. Il y devint si formidable, que bien des hommes influents furent corrompus par lui, et qu'un grand nombre lui obéissait comme à un roi. Après avoir pillé plusieurs localités, il dirigea ses pas vers Jérusalem où il égorgea un grand nombre de personnes. Il s'emparait de tous ceux qui sortaient des portes, les tourmentait et les mettait à mort. Il coupa les mains à plusieurs et les renvoya ainsi mutilés dans la ville ; c'est ainsi qu'il épouvanta ses adversaires, déclarant que Dieu l'avait élu pour renverser les murs de Jérusalem, et infliger indistinctement le même châtiment à tous les citoyens, sans acception d'âge. « Ce Simon, qui était hors des murs, » raconte Josèphe, « était pour les Juifs une cause de terreur bien autrement grande que les Romains. Jean, dans ce moment, commettait tous les crimes dont nous avons parlé ; mais Simon était encore des deux le plus sanguinaire. »

Ce fut pour échapper aux oppressions de Jean que le peuple envoya Matthias le grand prêtre supplier Simon d'entrer dans la ville. Simon accorda cette demande avec arrogance, et ayant pris possession de Sion et d'une partie d'Acra, il devint tyrannique et oppresseur à son tour. Il attaqua la ville comme s'il était l'allié des Romains et brûla spécialement les maisons remplies de provisions et les immenses greniers pleins de blé qui auraient suffi pour nourrir le peuple pendant des années. Beaucoup de bâtiments autour du temple furent aussi incendiés, et le temple lui-même rempli de cadavres. Josèphe dit, dans son langage hardi, que le sang de toutes ces bêtes mortes et de tous ces cadavres formait des mares jusque dans les saints parvis.

La malheureuse cité était en proie à tous les maux. Les vieillards et les femmes se trouvaient

dans une telle détresse par suite de ces misères intestines, qu'ils en étaient venus à désirer l'entrée
des Romains. Les citoyens, en proie à la plus terrible consternation, n'avaient pas même le temps
de se concerter. Il n'y avait pas d'espoir d'arriver à
une e. tente, puisque nul ne pouvait se sauver et
s'échapper. Les chefs des factions ne s'accordaient
que pour massacrer les citoyens inoffensifs. Le bruit
de ceux qui se battaient ne discontinuait ni jour ni
nuit. Nul moyen de faire taire les lamentations, car
les calamités fondaient à toute heure sur les citoyens;
et cependant ils devaient éviter toute démonstration
extérieure de chagrin, contraints qu'ils étaient par
la terreur d'étouffer leurs plaintes et de refouler tout
sentiment de chagrin. Les parents n'osaient récla-
mer ceux des leurs qui vivaient encore. Quant à
ceux qui étaient morts, la crainte retenait ceux qui
eussent voulu leur donner la sépulture. Les factions
piétinaient sur les cadavres.

En vérité, nous pouvons dire avec le prophète : « J'ai ouï... le cri de la fille de Sion... Elle
étend ses mains et dit : « Malheur à moi ! car mon
âme est tombée en défaillance à cause des meurtriers (1). » — « Un bruit éclatant vient de la ville,
un bruit vient du temple, savoir, le bruit de l'Eternel,
qui rend la pareille à ses ennemis (2). »

(1) Jérémie, IV, 31.
(2) Esaïe, LXVI, 6.

Comme ces paroles démontrent clairement la confusion et l'horreur qui régnèrent dans Jérusalem et dans le temple pendant ce siége des Romains !

En parlant de la terrible domination de ces factions, Josèphe remarque « qu'aucune autre ville ne souffrit de telles misères et qu'aucun autre siècle, depuis le commencement du monde, n'enfanta une génération plus fertile en iniquités que ne le fut celle-là. »

« Ils avouaient, ce qui était vrai, » poursuivit l'historien juif, « qu'ils étaient le rebut, l'écume, le produit vicié de notre nation, tout en renversant notre cité et en forçant les Romains à jouer un rôle glorieux en les combattant. Ils attirèrent presque sur le temple le feu qui, à leur gré, semblait trop lent à venir ; et, en effet, lorsqu'ils virent brûler le saint lieu, ils n'en furent pas affectés. »

Ce que nous avons vu n'était encore qu'un commencement de douleurs. Nous parlerons en son lieu de ce qui fut enduré pendant la famine, amenée elle-même par leur faute, et qui devait être la plus terrible de toutes celles qui ont été racontées dans les annales de l'humanité.

LES FAUX CHRISTS

Nous venons de voir une partie de ce que le peuple souffrit de la part des brigands, des zélotes et des fanatiques. Trois malédictions mirent encore le comble à ses maux et firent déborder la coupe de son infortune : les faux christs ou faux prophètes, la famine et les maux amenés par les Romains.

Faux christs et faux prophètes. La prédiction faite par le Sauveur se rapporte à trois apparitions distinctes de faux christs ou faux prophètes. La première fut un des six signes qui devaient annoncer l'approche du jour de la destruction. La seconde avait trait aux faux docteurs qui infestaient l'Eglise primitive et devaient rendre notoire l'apostasie de plusieurs. La troisième et dernière eut lieu pendant le siége, alors que la famine et les autres calamités avaient fondu sur Jérusalem. Les chefs des zélotes, qui commettaient tous leurs crimes au nom de la religion, exploitèrent à leur profit les déclarations des faux prophètes.

Leur apparition en ce moment avait pour but d'empêcher le parti modéré d'abandonner la défense de la ville et de se soumettre aux Romains.

Avant que Titus eût élevé sa muraille, ces imposteurs conduisaient le peuple dans les déserts, dans des endroits où ils prétendaient que les miracles devaient s'accomplir et la délivrance du joug romain s'effectuer.

Nous savons que Christ, le vrai Messie, accomplit les anciennes prophéties et fit dans le désert quelques-uns de ses miracles. C'est là qu'il nourrit la multitude avec cinq pains, laissant douze paniers pleins de ce qui restait. C'est là qu'une grande multitude vint à lui, amenant avec elle des aveugles, des muets, des impotents qui furent tous guéris par lui.

. Lorsque la muraille de Titus eut entouré la ville, les faux prophètes ne purent plus en sortir. Alors que Titus dressait les engins de destruction et que la ville était déchirée par des luttes intestines, Josèphe raconte que « les imposteurs, sous prétexte d'inspiration, surexcitaient le peuple en lui promettant que Dieu lui montrerait des signes de liberté. » Il ajoute que « les zélotes tyranniques qui gouvernaient la ville subornèrent plusieurs faux prophètes pour déclarer que le ciel allait envoyer du secours aux assiégés. » C'est ainsi qu'ils stimulaient les combattants, en leur promettant de la part de Dieu une délivrance miraculeuse.

. Lorsque les soldats mirent le feu aux galeries qui entouraient les parvis extérieurs du temple, six mille femmes et enfants, avec une quantité d'hommes, périrent dans les flammes. Un faux prophète avait été l'occasion de leur rassemblement et de leur destruction. Il avait fait par la ville une proclamation publique, déclarant que Dieu commandait au peuple de monter au temple, afin d'y recevoir des signes miraculeux et le gage de sa délivrance.

. C'est ainsi que les misères furent multipliées et

que les zélotes réussirent à maintenir le peuple sous
le joug de leur atroce tyrannie.

L'apparition de ces faux christs et l'empresse-
ment du peuple à les suivre prouve d'une manière
évidente que le Messie était bien attendu à ce mo-
ment-là. Les Israélites étudiaient alors avec soin,
dans l'attente de son accomplissement, la remarquable prophétie de Daniel dont nous avons fait
mention dans un des chapitres qui précèdent. Nous
y avons vu qu'elle fut entièrement accomplie l'année même où Christ fut mis à mort, car il est écrit
que « le Messie sera retranché, mais non pour
lui-même. »

Comme nous l'avons dit, les Juifs attendaient
alors le vrai Christ. Il ne saurait y avoir d'impos-
ture sans une réalité qu'on s'efforce d'imiter. La
fausse monnaie témoigne qu'il y en a de la bonne.
Ainsi, lorsque nous lisons que les faux christs apparurent à la fin de la période des soixante et dix semaines de la prophétie de Daniel, nous ne pouvons échapper à la conviction qu'il y eut un vrai
Christ qui, d'après la prédiction, « fut retranché,
mais non pour lui-même. »

Or, notre Seigneur apparut exactement au temps
marqué. Il accomplit des œuvres extraordinaires,
non pas au nom de Dieu, comme le faisaient les
anciens prophètes, mais en son propre nom et par
son propre pouvoir. Il fut cité devant Pilate, et,

bien que déclaré innocent, fut condamné à mort et crucifié publiquement. Il ressuscita des morts le troisième jour. Aucun autre Christ n'est venu que les Juifs reconnaissent comme ayant aussi bien accompli les prophéties.

Les savants, parmi les Israélites modernes, se trouvent dans la nécessité soit de perdre confiance dans leurs écrits prophétiques, soit d'abandonner l'attente d'un Messie personnel. Ils ne peuvent adopter le premier parti sans jeter le doute sur tous leurs saints livres. C'est pourquoi ils adoptent le second et prétendent que les prophètes voulaient parler d'un Messie spirituel ou d'une influence invisible, croyant sauvegarder par ce moyen l'autorité de la prophétie.

LA FAMINE

Le fléau de la famine accrut encore les souffrances du peuple.

Si l'on réfléchit aux immenses quantités d'eau fournies par les sources et par les pluies du ciel, et rassemblées dans de vastes citernes ; si l'on considère les énormes amas de provisions amoncelées dans la ville, il semble que de longtemps on ne devait s'attendre à la famine. Mais nous avons vu plus haut comment ces immenses approvisionnements,

qui eussent pu suffire pour plusieurs années, furent
incendiés par Jean et par Simon. Ce fut la cause
directe de la famine. Sous un gouvernement sérieux, qui eût réglé avec économie la distribution
des vivres, avec une population unie et animée d'un
autre esprit, il n'est pas probable que les Romains
eussent pu entrer dans la ville. Mais rien ne peut
contrarier les desseins de Dieu. Jérusalem devait
être détruite, et les Juifs eux-mêmes devaient être
les principaux instruments de sa ruine.

Notre historien dit que « la rage des séditions
s'accrut avec la famine. Comme on ne trouvait de
blé nulle part, les brigands pénétraient, pour les
fouiller, dans les maisons particulières. S'ils y trouvaient des vivres, ils tourmentaient les gens pour
avoir nié d'en posséder, et s'ils n'en trouvaient pas,
ils les tourmentaient plus cruellement encore pour
en découvrir. »

Dès qu'ils voyaient quelqu'un qui avait l'appa-
rence d'être bien nourri, ils l'espionnaient, tombaient sur sa maison et la fouillaient. La famine
commençait à peser si lourdement sur le peuple,
que beaucoup vendirent tout ce qu'ils possédaient
pour une seule mesure de blé ou d'orge. Ils se
barricadaient ensuite dans leurs maisons pour le
manger. Quelques-uns, pressés par la faim, le
mangeaient même sans le moudre. On ne dressait
plus nulle part de table pour aucun repas; mais le

pain était arraché du feu à moitié cuit et dévoré à la hâte. C'était un triste spectacle !

Pendant que les puissants regorgeaient, les plus faibles manquaient de tout. La famine est dure pour tous. Elle détruit complétement le respect. Aussi les égards mutuels n'étaient-ils plus observés. Les enfants arrachaient les morceaux de la bouche même de leurs pères, et, ce qui est plus triste encore, les mères elles-mêmes en agissaient ainsi vis-à-vis de leurs enfants. Et lorsque les êtres qui leur étaient les plus chers périssaient sous leurs propres yeux, beaucoup n'avaient pas honte de leur ôter la dernière goutte d'eau qui eût pu encore prolonger leur vie. Même dans ces conditions, ils ne pouvaient réussir à se cacher, car les brigands fondaient sur eux et leur arrachaient le peu qu'ils avaient. Toute maison fermée était pour eux un signe que ses habitants avaient de la nourriture. Alors ils enfonçaient les portes, entraient et prenaient par force tout ce dont ils pouvaient s'emparer. Les vieillards qui gardaient quelques provisions étaient battus ; on frappait et on traînait par les cheveux les femmes qui cachaient quelques aliments ; on secouait les enfants pour leur faire lâcher ce qu'ils tenaient entre les dents. Les brigands étaient plus barbares encore vis-à-vis de ceux qui avaient tenté de les empêcher d'entrer ou qui avaient avalé ce qu'ils tenaient à la bouche, comme si on les eût frustrés de

ce qui leur revenait de droit. Il n'est pas de tortures auxquelles ils n'eussent recours pour découvrir
de la nourriture.

Josèphe mentionne quelques-unes de ces tortures. Nous ne pouvons le suivre dans cette énumé-
ration. La nature humaine a horreur de crimes pa-
reils à ceux qui se commettaient alors dans le but
d'obtenir un pain ou une poignée de blé.

Il est horrible de penser que ceux qui faisaient
ainsi souffrir les autres n'y étaient pas poussés par
la faim, car ils avaient de quoi vivre, et même de
quoi vivre dans le luxe. Leur but était seulement
de se procurer des provisions pour les jours sui-
vants. Dieu avait abandonné son peuple aux ma-
chinations de leurs cœurs dépravés, et il employait
ces brigands comme instruments pour accomplir
contre ce peuple les terribles dispensations de sa
justice!

La famine fit des progrès effrayants; elle dévora
le peuple par maisons et par familles. Les chambres hautes étaient pleines de femmes et de petits
enfants qui mouraient, et les rues de la ville encombrées des cadavres des vieillards. Les enfants
et les jeunes gens erraient sur les places publiques
comme des ombres et tombaient morts partout où
leur détresse les accablait. Quant à les enterrer,
ceux qui étaient malades n'en avaient pas le courage, et ceux qui étaient vigoureux et bien portants

trouvaient la tâche au-dessus de leurs forces, à cause de la grande multitude des corps morts. Aucune plainte, aucun gémissement n'étaient proférés au sein de ces calamités ; la famine faisait taire toute affection naturelle. Ceux qui allaient mourir contemplaient d'un œil sec ceux qui étaient morts avant eux. Un profond silence, une sorte de nuit sombre s'étaient emparés de la ville. Ainsi furent accomplies les paroles du prophète Amos (VIII, 3) : « Les cantiques du temple seront des hurlements en ce temps-là, dit le Seigneur l'Eternel. Il y aura un grand nombre de corps morts qu'on jettera en tous lieux en silence. »

Le nombre de ceux qui périrent par la famine dans la cité et les misères qu'ils endurèrent sont incalculables. Dans l'espace de deux mois et demi, on emporta hors des portes 115,880 cadavres ! Ce chiffre fut rapporté à Titus par l'officier chargé de payer la taxe pour le transport des corps. Les autres furent ensevelis par leur parenté. Plusieurs des principaux citoyens dirent à Titus que le nombre entier des pauvres qui furent jetés hors de la ville ne fut pas moindre de 600,000. Ce chiffre ne doit pas nous étonner, vu la grande agglomération due à la solennité de la fête de Pâque, qui avait attiré à Jérusalem un grand nombre de personnes de toutes le contrées du monde. La plupart ne comptaient rester là que quelques jours ; mais ils furent

soudainement pris comme dans un filet par l'armée
romaine.

La famine continua à sévir, et les provisions di-
minuèrent à tel point que même les brigands et les
factions armées s'en ressentirent, ce qui ne fit
qu'ajouter à leur rage et à leur férocité. Que la
moindre nourriture fût signalée quelque part, et
une bataille s'ensuivait immédiatement ; les meilleurs amis s'arrachaient à main armée l'aliment le
plus misérable. On ne voulait pas même se résou-
dre à croire que ceux qui mouraient n'avaient plus
rien ; les brigands les fouillaient pour s'en assurer.
Dans leur affolement, les mêmes hommes entraient
trois ou quatre fois par jour dans les mêmes maisons. Leur faim était telle qu'ils mangeaient des
choses auxquelles le plus vil des animaux n'eût pas
touché. Ils se nourrissaient de leurs ceinturons, de
leurs souliers et du cuir dont leurs boucliers étaient
recouverts. Ils fouillaient jusque dans le fumier pour
y disputer à la corruption tous les rebuts en putré-
faction qu'il pouvait renfermer encore.

Entre tout ce que Josèphe raconte, citons encore un trait qui témoigne de l'horreur de cette
famine : « Une certaine femme, nommée Marie,
d'une famille éminente et d'une grande fortune, fut
réduite par les brigandages à la plus extrême misère. Il lui devint impossible de se procurer de la
nourriture, de sorte que la faim la rendit folle. La

rage s'alluma dans son cœur, et, saisissant son fils, qu'elle nourrissait de son lait :

— Pauvre enfant, lui dit-elle, pour qui donc te préserverais-je au milieu de cette guerre, de cette famine et de cette sédition ? Quant à la guerre, si les Romains nous accordent la vie, nous devrons être leurs esclaves. Cette famine nous détruira même avant que la servitude soit notre partage. Et cependant les brigands sont encore pires que tout le reste. Viens, sers-moi de nourriture, et passons en proverbe dans le monde, car la mesure des calamités infligées à notre peuple a débordé !

Cela dit, elle tua son fils, le rôtit, en mangea la moitié et cacha l'autre. Sur ces entrefaites, les factieux arrivèrent, et, flairant cette horrible nourriture, la menacèrent de la tuer immédiatement si elle ne leur montrait pas les aliments qu'elle venait de préparer. Elle répondit qu'elle leur en avait gardé une belle portion, et là-dessus découvrit ce qui restait de son fils. A cette vue, ils furent saisis d'horreur et de stupeur, et restaient là pétrifiés, lorsqu'elle leur dit :

— Ceci est mon propre fils, et c'est moi qui ai fait cela. Venez, mangez de cette nourriture, car j'en ai mangé moi-même. N'ayez pas la prétention d'être plus tendres qu'une femme ou d'avoir plus de compassion qu'une mère ; mais si vous avez trop de scrupules et que mon sacrifice vous paraisse trop abominable, puisque j'ai mangé la moitié de ce mets, réservez-m'en l'autre. »

La connaissance de cet horrible fait se répandit dans la ville et jeta la consternation parmi ses misérables habitants.

Il n'est pas étonnant que le Sauveur ait pleuré de compassion lorsqu'il a prononcé l'arrêt de cette ville coupable. Rien d'étonnant non plus à ce qu'il ait dit dans sa prédiction : « Malheur aux femmes qui seront enceintes et à celles qui allaiteront en ces jours-là. » Ne soyons pas surpris si, sur le chemin du Calvaire, détournant ses pensées de sa propre mort, il dit aux femmes qui le suivaient en se lamentant : « Filles de Jérusalem, ne pleurez point sur moi, mais pleurez sur vous-mêmes et sur vos enfants ; car les jours viendront auxquels on dira : Heureuses les stériles, les femmes qui n'ont point enfanté, et les mamelles qui n'ont point allaité (1) ! »

On conçoit que la cité entière fût saisie d'horreur, car les paroles du prophète Jérémie étaient accomplies : « Les mains des femmes, naturellement compatissantes, ont fait cuire leurs enfants, qui leur ont servi d'aliment au jour de la ruine de la fille de mon peuple (2). » — « Ce

(1) Luc, XXIII, 28, 29.
(2) Lam., IV, 10.

seront là, dit le Seigneur, les jours de la vengeance, » car toutes les prédictions de la colère
divine devaient se trouver réalisées. Les paroles de
chaque prophète se vérifiaient, et la fidélité des
menaces de Dieu se manifestait avec une clarté
effrayante. Quinze cents ans avant Jésus-Christ, il
était écrit : « L'Eternel fera lever contre toi une
nation fière qui n'aura point d'égard au vieillard et
qui n'aura point pitié de l'enfant... et elle t'assiégera dans toutes les villes jusqu'à ce que tes murailles les plus hautes et les plus fortes, sur lesquelles tu te seras assuré dans ton pays, soient
renversées. Pendant le siége et dans l'extrémité où
ton ennemi te réduira, tu mangeras le fruit de tes
entrailles, la chair de tes fils et tes filles que l'Eternel ton Dieu t'aura donnés... La plus tendre et la
plus délicate d'entre vous regardera d'un œil d'envie son mari, son fils et sa fille ; elle les mangera
secrètement dans la disette où elle sera de toutes
choses, à cause du siége et de l'extrémité où ton
ennemi te réduira... (1). »

Six cents ans avant Jésus-Christ, voici encore
ce qui fut prédit : « Les femmes n'ont-elles pas
mangé leur propre fruit et les petits enfants qu'elles
emmaillottaient ? Le sacrificateur et le prophète n'ont-
ils pas été tués dans le sanctuaire du Seigneur ? Le

(1) Deut., XXVIII, 49-57.

jeune enfant et le vieillard ont été couchés par terre dans les rues (1). » Les témoignages de l'histoire la plus authentique montrent que toutes ces choses s'accomplirent à la lettre pendant le siége de Jérusalem.

LES ASSIÉGEANTS

Avant que les armées romaines, sous les ordres de Titus, apparussent devant Jérusalem, les habitants de cette ville étaient, nous l'avons vu, la proie de dissensions intestines. Lorsque Titus avança et campa près de la muraille du nord, les factions rivales furent bien forcées de cesser leurs querelles et d'unir leurs conseils et leurs forces contre l'ennemi commun. A Jean fut confiée la défense de la tour d'Antonia ; à Simon celle de la muraille extérieure, construite autour de Bézétha.

En dépit des atroces barbaries et de l'infâme méchanceté de ces zélotes, nous ne pouvons cependant nous empêcher d'admirer leur audace et leur valeur dans la défense de la ville contre l'étranger. C'est pas à pas qu'ils s'opposaient aux progrès de l'ennemi. Souvent battus, ils retournaient à la brèche avec un nouveau courage et défiaient les légions victorieuses de l'empereur. Jérusalem était

(1) Lam., II, 20, 21.

pour eux la cité de Dieu ; elle leur était chère à cause de ses souvenirs patriotiques et de ses traditions religieuses. Dans l'heure la plus sombre, ils n'avaient pas seulement l'espoir, mais la certitude confiante que Dieu interviendrait d'une manière glorieuse pour leur délivrance. C'est ce qui les décidait à rejeter avec mépris toutes les propositions de Titus qui les engageait à capituler.

Celui-ci était animé du désir de sauver la cité et le temple de la destruction. Même après bien des efforts infructueux, il n'assaillit pas immédiatement les murailles, mais procéda avec une lenteur circonspecte. Il eut néanmoins à se défendre contre les attaques furieuses des assiégés qui faisaient de brusques sorties. Quoique repoussés avec perte, ils s'obstinaient toujours à rejeter toute proposition de paix.

Dans le but de se protéger et de couper court, si possible, à toute tentative de ravitaillement, Titus éleva autour de la ville la muraille dont nous avons parlé. Il espérait forcer ainsi les Juifs à se rendre. Pendant ces conflits, bien des prisonniers furent faits par les Romains. Les soldats leur firent subir de honteuses cruautés. Ils coupèrent les mains à plusieurs. Cette barbarie fut exécutée par l'ordre de Titus, qui les renvoya dans Jérusalem, en leur conseillant d'exhorter leurs compatriotes à se rendre. D'autres furent d'abord battus de verges, puis torturés de diverses manières, et enfin crucifiés devant les remparts.

Titus espérait qu'un tel spectacle amènerait plus vite les Juifs à capituler. Bientôt le nombre des suppliciés devint si grand, que la place manquait pour les croix et que les croix elles-mêmes manquaient pour les corps.

Les soldats romains éventraient aussi les prisonniers et les déserteurs pour chercher de l'or dans leurs intestins. « Un autre tourment, » raconte Josèphe à ce sujet, « fondit sur ceux qui prenaient la fuite : on trouva, parmi les déserteurs syriens, un homme qui s'emparait des pièces d'or trouvées dans les excréments d'un Juif, pour les avaler et les emporter ainsi. Aussitôt que ce fait fut connu des soldats romains, ils tuaient ceux qui leur tombaient entre les mains, pour fouiller dans leurs entrailles. En une nuit, plus de deux mille de ces déserteurs subirent cet horrible traitement. »

Titus défendit ces atrocités sous peine de mort ; mais l'amour de l'or était plus grand que la crainte du châtiment. On continua donc, mais en cachette. Les soldats se mettaient à la recherche des déserteurs, regardaient partout pour s'assurer qu'ils n'étaient pas espionnés et les éventraient pour les voler. Un grand nombre de malheureux disparurent de la sorte.

LEÇONS PRATIQUES.

Bien d'autres cruautés furent encore infligées aux Juifs par les Romains. Est-il nécessaire de les mentionner, de démontrer qu'ils endurèrent des épreuves jusqu'alors inconnues ? L'histoire n'a, depuis, enregistré rien de pareil. On voit combien est frappante la vérité de ces Ecritures, qui prédirent les choses telles qu'elles devaient se passer plus tard.

Ces prophéties entrent dans de grands détails, parlent d'événements tout à fait improbables et qui semblaient contredire tous les mobiles ordinaires des actions humaines. Et cependant, toutes se sont réalisées avec la plus grande exactitude. Quel autre que Dieu pouvait-il révéler avec des détails aussi minutieux les étranges et terribles événements qui devaient précéder et accompagner le siége ? Non-seulement les prophètes appuyaient leurs droits à la créance de tous sur l'accomplissement de leur parole, mais Dieu lui-même en appelle à l'examen de ses créatures en disant : « Souvenez-vous de cela, encouragez-vous et revenez à votre sens, vous, prévaricateurs. Souvenez-vous des premières choses qui ont été autrefois, car c'est moi qui suis le Dieu fort, et il n'y a point d'autre Dieu que moi ; et il n'y en a point qui soit semblable à moi, qui annonce, dès le commencement ce qui arrivera à la fin, et, longtemps auparavant, ce qui n'a point encore été fait; qui dit : Mon conseil tiendra, et j'exécuterai toute ma volonté. C'est moi qui appelle de l'Orient un oiseau de proie, et d'une terre éloignée un homme qui accomplira ce que j'ai résolu. Je l'ai dit et je ferai que la chose arrive; j'en ai formé le dessein, et je l'exécuterai (1). » Lorsque Dieu déclare qu'Il veut agir et que sa déclaration s'exécute avec toute l'exactitude de la prédiction, nous ne pouvons échapper à la conviction que Dieu accomplit son propre dessein, et que les ressources de sa toute-puissance sont au service de sa volonté.

Reconnaissons aussi que tout homme est dans les mains de Dieu, et que, de même que se sont accomplis les événements de l'histoire annoncés par les prophètes, ainsi les paroles scripturaires relatives au jugement et à l'éternité trouveront leur accomplissement au dernier jour. Certes, la destruction de Jérusalem était autrement plus éloignée des prophètes qui l'annonçaient avec tant de certitude, que le jour du jugement ne l'est d'aucun d'entre nous.

« Voici, le Seigneur viendra avec des milliers de ses saints pour exercer le jugement contre tous les hommes et pour convaincre tous les impies qui sont parmi eux de toutes les actions coupables

---

(1) Esaïe, XLVI, 8-11.

qu'ils auront commises, et de toutes les paroles injurieuses qu'ils auront proférées contre lui (1). »

Les jugements de Dieu sont équitables. Il rend au méchant le double de tous ses péchés. Il pèse toutes les actions dans les balances de sa justice ; aux crimes des Israélites, qui avaient été d'un caractère tout exceptionnel, il fallait un châtiment proportionné. A défaut des individus, les nations et les peuples sont nécessairement punis dans la vie présente.

Les Juifs péchèrent comme nation, et c'est comme nation qu'ils ont souffert et terriblement souffert. Néanmoins, les jugements divins n'avaient pas pour but la destruction de leur nationalité. C'est pourquoi, appuyés sur des prophéties nombreuses de l'Ancien et du Nouveau Testament, nous pouvons être sûrs que si l'ancien peuple de Dieu a, dans ce sens tout spécial, cessé de l'être, il ne sera point oublié, ni rejeté pour toujours. Jérusalem, rebâtie et restaurée, sera encore habitée par une population nombreuse comme au temps passé.

Lorsque les Romains eurent pris la ville, Titus y laisssa la dixième légion tout entière en garnison. Sa nouvelle population fut exclusivement composée de pauvres. Les Juifs restèrent assez tranquilles jusqu'à l'an 131, attendant toujours une occasion favorable

(1) Jude, 15.

de secouer le joug. L'empereur Adrien ayant fortifié Jérusalem, les Juifs se révoltèrent sous la conduite de Barchochebas, qui prétendait être le Messie ; l'insurrection fut étouffée en 135 ; la dispersion
finale des Juifs date de cette période. Les travaux
étaient alors terminés, et l'on défendit aux Juifs
d'approcher de la ville, où un temple venait d'être
bâti à Jupiter Capitolin, sur le mont Morijah. Le
nom de Jérusalem fut changé en celui d'*Ælia Capi-
tolina.* La ville fut connue sous ce nom jusqu'au
temps de Constantin, qui lui rendit sa désignation
primitive. Cependant elle continua pendant des
siècles à porter parmi les nations étrangères le nom
d'*Ælia.* Plus tard, lorsque les Mahométans s'en
emparèrent, ils l'appelèrent *El-Khads,* « la sainte, »
nom qu'elle a conservé jusqu'à nos jours parmi eux.
Notre but n'est pas ici de retracer son histoire. Elle
a passé entre les mains de plusieurs maîtres et son
sort a souvent changé. Pour ce qui est de son avenir, nous ne pouvons en juger que par les prédictions de la Parole de Dieu.

Lorsque la présence spirituelle de Dieu sera
manifestée sur la montagne de Sion, et que le
Tout-Puissant couvrira de nouveau le sanctuaire
de son ombre (Lév., XVI, 2. 1 Rois, VIII, 10),
alors, « la gloire du Seigneur sera révélée, et
toute chair la verra. » En attendant, « parlons de
consolation à Jérusalem et disons-lui que son ini-

quité lui sera pardonnée. » Il y a même, dès à présent, une voie qui crie dans le désert : « Préparez le chemin du Seigneur; dressez dans la solitude les sentiers à notre Dieu. » Toute vallée semble providentiellement avoir été comblée, toute montagne et toute colline abaissée, et tout chemin raboteux aplani par le Seigneur (Luc, III, 4, 5).

Il a promis qu'il en serait ainsi lorsqu'il « ramènera Sion. » Il nous semble l'entendre dire Lui-même comme aux jours du prophète :

« Réveille-toi, réveille-toi, Sion ; revêts-toi de ta force; Jérusalem, ville sainte, revêts-toi de tes vêtements magnifiques... Déserts de Jérusalem, éclatez de joie, réjouissez-vous tous ensemble avec un chant de triomphe; car l'Eternel a consolé ton peuple, Il a racheté Jérusalem (1). »

(1) Esaïe, LII, 1, 9.

CHAPITRE VIII

LA PRISE DE LA VILLE

« Et aussitôt après l'affliction de ces jours-là, le soleil s'obscurcira, la lune ne donnera point sa lumière, les étoiles tomberont du ciel, et les puissances des cieux seront ébranlées. Alors le signe du Fils de l'homme paraîtra dans le ciel ; alors aussi toutes les tribus de la terre se lamenteront en se frappant la poitrine et elles verront le Fils de l'homme venir sur les nuées du ciel avec une grande puissance et une grande gloire. Il enverra ses anges avec un grand son de trompette, et ils rassembleront ses élus des quatre vents, depuis un bout des cieux jusqu'à l'autre bout. Apprenez ceci par la similitude du figuier : quand ses branches commencent à être tendres, et qu'il pousse des feuilles, vous connaissez que l'été est proche. Vous aussi de même, quand vous verrez toutes ces choses, sachez que le Fils de l'homme est proche et à la porte. Je vous dis en vérité que cette génération ne passera point que toutes ces choses ne soient arrivées. »

MATTH., XXIV, 29-34.

Avant de parler de la prise et de la destruction de la ville et du temple, il importe que nous nous fassions une idée claire du sens de cette remarquable déclàration du Sauveur.

Il y a trois principales interprétations de ce passage :

1º D'après les uns, il se rapporterait au jugement dernier et n'aurait aucune application directe à la destruction de la ville et du temple ;

2º Selon d'autres, il aurait trait seulement d'une manière vague à Jérusalem et se rapporterait directement au jugement universel, dont la destruction de la ville ne serait alors qu'un emblème ;

3º Pour la plupart, ce langage est surtout et principalement applicable au renversement de la ville, à l'incendie du temple, à la destruction de la constitution politique des Juifs et à la fin de l'ancienne théocratie. Cette dernière interprétation est la nôtre.

Puisque le sujet du discours du Seigneur était la destruction de la ville et du temple, et que toutes les autres circonstances de la prophétie se rapportent à ces événements, il est naturel d'en conclure que la suite des déclarations de Jésus se réfère également au même objet. Le langage si énergique de Christ, avec ses images frappantes, n'est pas plus étrange que ce que nous lisons partout ailleurs dans les écrits des prophètes. Esaïe se sert d'images semblables quand il prédit la ruine de Babylone (Esaïe, XIII, 10) ou celle de l'Idumée (Esaïe, XXXIV, 4, 5). De même Ezéchiel, quand il annonce la colère à venir qui devait fondre sur l'Egypte (Ezéchiel, XXXII, 7, 8), ou Daniel, quand il parle du pouvoir envahissant du peuple romain (Daniel, VIII, 10); ou bien encore le prophète Joël, énumérant les phénomènes merveilleux qui devaient accompagner l'effusion du Saint-Esprit (Joël, II, 28-31). Or, n'oublions pas que, le jour de la Pentecôte, l'apôtre Pierre déclare que les scènes qui viennent de se passer sont bien l'accomplissement de la prophétie (Actes, II, 16).

C'est ainsi que, dans le langage prophétique, de grandes commotions terrestres, telles que la chute d'une nation ou les jugements de Dieu fondant sur les hommes, sont représentés par des changements soudains dans les cieux, comme l'obscurcissement du soleil et de la lune ou la chute des étoiles. Notre explication est donc dans l'analogie biblique.

Notre Sauveur adopta les mêmes formes de langage comme étant dans les habitudes de la prophétie. C'est ce qui nous explique ces paroles : « Le soleil sera obscurci ; la lune ne donnera point sa lumière ; les étoiles du ciel tomberont, et les puissances qui sont dans les cieux seront ébranlées (1). » On s'appuie, pour combattre notre explication, sur ces paroles des apôtres : « Dis-nous quand ces choses arriveront et par quel signe on connaîtra ta venue *et la fin du monde?* » Cette objection, tirée de la question des apôtres, n'est pas sérieuse à ce point de vue. De ce que les disciples, dans leur ignorance, confondaient la destruction du temple

_____

(1) Marc, XIII, 24, 25.

avec le jugement dernier, il ne s'ensuit pas que Jésus-Christ ait commis la même confusion. Leur question ne saurait donc être la règle de notre interprétation. Il était tout naturel pour eux de croire que le jour du jugement viendrait lorsque le temple de Jérusalem serait détruit. Dès leur plus tendre enfance, ils s'étaient habitués à cette pensée que le temple subsisterait jusqu'à la fin des temps, et ils associaient ainsi volontiers l'idée de la dispersion des pierres du sanctuaire à celle du bouleversement du monde entier.

On peut d'ailleurs signaler, dans le discours de Jésus, plusieurs termes qui permettent d'affirmer avec quelque certitude qu'il n'a pas voulu parler du jugement dernier. Dans Matth., XXIV, 29, il est écrit : « Et *aussitôt* après l'affliction de ces jours-là... » et dans Marc, XIII, 24 : « En ces jours-là, après cette affliction, le soleil sera obscurci, etc. » Cette phrase, à moins d'une interprétation spéciale, indique le temps désigné comme étant celui du siége de Jérusalem par Titus, et comme l'époque à laquelle toutes les autres prédictions devaient s'accomplir. L'histoire ne cite aucun autre événement qui puisse s'y rapporter.

A l'appui de cette manière de voir, le Sauveur présente l'image du figuier, comme pour montrer que le temps est proche : « Quand ses branches commencent à être tendres et qu'il pousse des

feuilles, vous connaissez que l'été est proche. Vous
aussi de même, quand vous verrez que ces choses
arriveront, sachez qu'il est proche et à la porte (1). »
Ces derniers mots ne peuvent s'entendre que de la
destruction de la ville et du temple. Puis le Seigneur ajoute : « Cette génération ne passera point
que TOUTES *ces choses* ne soient accomplies. »

Tous ces événements devaient donc s'accomplir
dans l'espace d'une seule génération.

Or, l'histoire nous apprend avec certitude que
Jean et Philippe vivaient encore après la destruction de Jérusalem.

Lorsque Titus eut rassemblé et disposé ses forces, il se dirigea, pour y camper, vers un endroit
appelé la vallée des Epines, distant de Jérusalem
de quatre milles environ.

Là il réunit six cents cavaliers d'élite, et se mit
à leur tête pour faire une reconnaissance du côté
de la ville. Il espérait que les Juifs se rendraient ; il
avait entendu dire, en effet, que les habitants dési-
raient la paix, tourmentés comme ils l'étaient par
les brigands. Aussi longtemps qu'il s'en tint à la
route principale qui conduisait au rempart, personne ne parut aux portes ; mais lorsqu'il sortit de
cette route pour se diriger vers la tour de Pséphinus, un grand nombre de Juifs firent une sortie

_____

(1) Marc, XIII, 28, 29.

soudaine, interceptèrent son passage et le séparè-
rèrent avec quelques cavaliers du reste du déta-
chement. Il réussit à percer leurs masses, grâce à
un grand courage personnel. Plusieurs de ses hommes furent tués, et des dards furent même dirigés
contre sa personne. Il réussit cependant à échapper sans aucun mal, quoiqu'il n'eût ni sa cuirasse
ni son casque.

Titus divisa alors son armée en trois parties. Il
plaça deux légions dans un camp fortifié au nord,
dans un endroit nommé Scopus, à moins d'un mille
de Jérusalem. La cinquième légion stationnait un
demi-mille plus loin. Il plaça la dixième légion sur le
mont des Oliviers, à l'est, à environ trois quarts de
mille de la ville.

A la vue de ces préparatifs, les factieux qui do-
minaient dans la cité furent obligés de mettre fin à
leurs discordes et de s'unir pour la défense commune.
Ils revêtirent leurs armures, firent une sortie contre
la dixième légion, occupée à fortifier son camp, et
tombèrent sur elle avec impétuosité. Les Romains,
qui avaient déposé leurs armes, eurent le désavan-
tage et furent mis en déroute. Le succès de cette
sortie donna tant de courage aux assiégés, qu'ils
mirent la dixième légion en fuite. Titus fit alors ni-
veler tout l'espace qui s'étendait entre Scopus et les
remparts.

En quatre jours l'ouvrage fut terminé; l'armée

abattit les arbres, coupa les haies, combla les fossés et aplanit les précipices, laissant ainsi un espace en plaine tout disposé pour un campement. Titus campa avec la plus grande partie de son armée du côté de la muraille nord-ouest, près de la tour de Pséphinus. Une autre partie se fortifia près de la tour d'Hippicus, tandis que la dixième légion restait stationnaire sur le mont des Oliviers.

Titus, en compagnie de quelques hommes choisis, fit une autre reconnaissance du côté des remparts pour déterminer les points d'attaque. Dans les vallées, les murs ne pouvaient être battus par les béliers. La première muraille autour de Sion paraissait trop forte pour être ébranlée. La place qu'il se décida à choisir fut celle où il y avait une brèche, la première fortification étant plus basse que la seconde, attendu que les constructeurs avaient négligé de consolider la muraille du côté où la ville était le moins habitée.

Avant de commencer l'attaque, Titus essaya encore de faire des propositions de paix. En compagnie de Josèphe et de Nicanor, il s'approcha de la muraille.

Au lieu d'écouter ces propositions, les assiégés lancèrent des dards contre les parlementaires et blessèrent même sérieusement Nicanor à l'épaule gauche. Cet acte mit Titus en fureur ; il ordonna de mettre le feu aux faubourgs et d'apporter des poutres pour élever les plates-formes et y placer les machines. Les soldats exécutèrent cet ordre avec une grande célérité, mais non sans être sérieusement harcelés par les Juifs, qui faisaient de fréquentes sorties de jour et de nuit.

Les plates-formes, néanmoins, furent bientôt préparées, et les engins, de soixante et quinze pieds de haut, placés dessus et amenés près des murailles. Pendant quelque temps, les soldats romains firent jouer leurs béliers sans qu'aucun obstacle leur fût opposé de la part des Juifs. Tout à coup ceux-ci firent une sortie par une porte dérobée de la tour d'Hippicus, dans le but de brûler les engins et de détruire les plates-formes. Ils montèrent jusqu'aux fortifications des assiégeants avec le courage du désespoir. Le conflit fut terrible : les Romains furent chassés et le feu mis aux machines de guerre. Mais lorsque arrivèrent de nouvelles légions conduites par Titus en personne, les Juifs furent forcés de battre en retraite et de se réfugier à l'abri de leurs remparts.

Les Romains réussirent à faire une brèche dans la muraille, à force de l'ébranler avec leurs béliers. Les troupes passèrent par cette brèche et se jetèrent dans les rues encombrées de monde. Du haut des maisons qui bordaient les ruelles étroites, on les attaqua avec tant de fureur, qu'ils furent obligés de repasser par la brèche et de rentrer dans leur camp, après avoir éprouvé des pertes considérables. Quelques jours se passèrent avant que Titus pût regagner l'avantage qu'il avait ainsi perdu et rentrer dans les rues de Bézétha. Lorsqu'il retourna à l'assaut, les Juifs quittèrent la muraille extérieure et se retranchèrent dans la seconde enceinte, qui renfermait Acra. Il n'y avait plus de force armée pour résister; les portes furent donc ouvertes; l'armée entra dans la ville et démolit la muraille, ainsi qu'une grande partie de la cité.

Titus, après avoir transporté son camp dans l'intérieur de la ville, commença immédiatement l'attaque de la seconde muraille autour d'Acra. Les Juifs se divisèrent en plusieurs corps et défendirent la muraille avec le plus grand courage. Jean et ses troupes occupaient la tour d'Antonia et les galeries au nord du temple. Simon, à qui l'on avait confié la défense du rempart, se plaça près de la tour d'Hippicus. Les Juifs firent plusieurs violentes sorties et attaquèrent les Romains avec décision. « Ni l'une ni l'autre armée ne se lassa; mais toute la journée il y eut des attaques et des combats sur la muraille, et de perpétuelles sorties. Les combattants eurent de la peine à se séparer même aux approches de la nuit, qui fut, dans les deux armées, passée sans sommeil. Les Juifs avaient peur que la muraille ne fût prise; les Romains que les Juifs ne fissent des sorties dans leurs camps. Des deux

parts, chacun resta sous les armes et prêt à retourner à la bataille aux premiers rayons du matin. »

Cet état de choses continua pendant plusieurs
jours. Au moment où les béliers ébranlaient la tour
du milieu de la muraille septentrionale autour d'Acra,
une troupe de Juifs, sous la conduite d'un nommé
Castor (1), réussit à détourner l'attention de Titus
par un stratagème ingénieux. On gagna ainsi un
temps considérable, dont ceux qui étaient dans la
ville profitèrent pour réparer la brèche ou plutôt
pour augmenter la force de résistance de ce côté.

Lorsque Titus vit qu'il était joué, il renouvela
l'attaque avec une plus grande vigueur, et, faisant
jouer les béliers de plus fort, il réussit à faire une
brèche et prit la muraille, mais non sans que Castor
eût mis le feu à la tour, qui s'effondra. Les Israélites étaient exténués par ces efforts incessants. Une
nuit que, couchés dans leurs armures, ils dormaient
d'un sommeil agité, ils furent réveillés par les sons
éclatants de la trompette et trouvèrent les Romains
qui entraient par la brèche. Un combat terrible
s'engagea ; amis et ennemis se massacraient indistinctement dans les ténèbres. Les Juifs furent contraints d'abandonner Acra et de se mettre à l'abri
dans la cour du temple.

Cette victoire eut lieu le cinquième jour après la

_____

(1) *Guerres*, liv. V, ch. 7, § 4.

prise de la première muraille. Elle donna à Titus
l'entrée d'Acra ou ville basse. Il y pénétra avec mille
guerriers choisis dans ses troupes d'élite. Il ne fit
pas démolir cette seconde muraille, ni élargir la
brèche ou détruire cette partie de la ville, ne voulant
pas faire plus de ruines qu'il n'était nécessaire. Cependant, par un effort soudain et désespéré, les Juifs
réussirent à expulser les Romains d'Acra et reprirent ainsi possession entière de la seconde muraille.
Ce succès les encouragea beaucoup ; ils supposaient,
en effet, que Titus, qui avait été chassé malgré le
sacrifice d'un grand nombre d'hommes, n'oserait re-
venir à la charge. Ils entassèrent dans la brèche les
cadavres des Romains. Mais ceux-ci revinrent en
plus grand nombre. Les Juifs défendirent la muraille
pendant trois jours avec bravoure et acharnement.
Cependant, le quatrième jour, ils ne purent supporter les assauts de Titus. Ils furent obligés de fuir et
de se réfugier de nouveau dans le temple et dans
Sion. Titus reprit donc cette seconde muraille qu'il
détruisit cette fois immédiatement et tout entière.

Il plaça des garnisons dans les tours du côté
sud de la ville, puis prit ses dispositions pour l'assaut de la troisième muraille.

Toutefois, il décida de ne pas poursuivre immédiatement le siége, mais de le suspendre pendant
quelques jours ; il voulait laisser aux Juifs le temps

de la réflexion. Il supposait que ses succès et son prestige les décideraient enfin à se rendre.

Pour les impressionner encore plus vivement, il rangea l'armée entière en bataille en face de l'ennemi, et, durant quatre jours, il distribua publiquement la solde à ses troupes. Josèphe ajoute que « la vieille muraille et le côté nord du temple étaient remplis de spectateurs. Une grande consternation s'empara des Juifs, même les plus déterminés, lorsqu'ils virent toute l'armée déployée devant eux et qu'ils purent admirer le bon ordre et l'équipement des troupes romaines. Il ne me paraît pas douteux que les séditieux, à cette vue, n'eussent volontiers parlé de se rendre, si la crainte de ne pas obtenir leur pardon ne les eût retenus. Ils s'attendaient en effet à mourir dans les tortures, s'ils tombaient au pouvoir de l'ennemi, et pensaient qu'il valait encore mieux succomber les armes à la main (1). »

La suspension d'armes dura quatre jours. Mais le cinquième, voyant qu'aucune proposition de paix n'arrivait du côté des Juifs, Titus disposa ses légions et commença à élever des tranchées autour de la tour Antonia et du monument de Jean. Son plan était de s'emparer de la partie de la ville qui s'étendait de Sion au monument et du temple à la tour Antonia. Si le temple n'était pas pris, il eût été

(1) *Guerres*, liv. V, ch. 9, § 1.

dangereux de garder la ville. Le combat sur ces deux points fut acharné ; un moment, les Romains eurent le dessous, ce qui fortifia Titus dans sa détermination d'en finir. Cependant, avant d'en venir aux moyens extrêmes, il envoya de nouveau Josèphe pour exhorter le peuple à se rendre. Les Juifs se moquèrent de ses exhortations, et défièrent le pouvoir des Romains en jetant des pierres et des dards à leurs envoyés. Josèphe fut même frappé à la tête par une de ces flèches et rapporté au camp sans connaissance. A ce moment, beaucoup de gens essayèrent de s'enfuir de la ville ; mais ils furent ou tués par les séditieux, ou massacrés par les soldats romains pour s'emparer de l'or qu'ils les soupçonnaient d'avoir avalé.

Il devint nécessaire d'élever de nouvelles plates-formes avec du bois et autres matériaux, afin de faire jouer les béliers contre l'enceinte. La muraille, au sommet de Sion, était bâtie sur un précipice de trente pieds de haut, tandis qu'une tranchée profonde défendait la tour Antonia. Les Romains mirent dix-sept jours à élever leurs plates-formes. Il y en avait quatre. Une à la tour Antonia, élevée par la cinquième légion ; une autre par la douzième, à une distance de trente pieds de la première. La troisième, élevée par la dixième légion, était au quartier nord de la vieille muraille. La quatrième enfin, édifiée par la quinzième légion, était à trente pas de la troisième: Des béliers d'une très-grande force furent placés sur chacune d'elles.

Jean, qui dirigeait la défense de la tour Antonia, observa les opérations de Titus et s'occupa activement à creuser par dessous la muraille et la tour Antonia, de manière à pouvoir miner et détruire les fondations sur lesquelles reposaient les machines de guerre des Romains. Après avoir soutenu la terre sous les plates-formes au moyen de poutres, il remplit l'intervalle de matières inflammables. Le feu fut mis à ces matières. Les béliers tombèrent soudain, s'effondrant avec grand bruit et occasionnant la mort de plusieurs soldats romains. Cet incident se passa juste au moment où les Romains espéraient forcer la muraille, et leur ardeur en fut naturellement ralentie.

Deux jours après, Simon tenta de détruire les autres plates-formes sur le côté nord de Sion. Les Juifs sortirent précipitamment avec des torches allumées et, se jetant avec violence sur ceux qui faisaient jouer les béliers, mirent le feu à ces machines, au milieu d'une grêle de flèches qui les assaillaient de toutes parts. A la vue des flammes, les Romains s'élancèrent hors du camp pour sauver les béliers. Les Juifs les attendirent de pied ferme. Ils se cramponnèrent aux béliers dont le fer était déjà brûlant, et tâchèrent de les retenir pendant que les Romains s'efforçaient de les retirer du feu. Un

plus grand nombre de Juifs accourut alors de la
ville, et, s'enhardissant davantage, ils chassèrent
les Romains, les poursuivirent jusqu'aux fortifications de leur camp, et engagèrent à cet endroit une
lutte désespérée. Titus y mit fin en envoyant contre
les Juifs un nouveau corps de troupes, qui les attaqua par derrière. Ceux-ci firent face au nouvel ennemi ; à la suite d'un combat sanglant, ils furent repoussés dans la ville, mais les Romains perdirent
leurs plates-formes et leurs béliers (1).

Les assiégeants mirent vingt et un jours à recons-
truire de nouvelles plates-formes. Les Juifs compri-
rent que s'ils ne réussissaient pas à brûler encore
ces machines, il leur serait impossible de résister
bien plus longtemps. Les Romains, de leur côté,
sentaient que si ces engins étaient détruits, il leur
deviendrait assez difficile d'en construire d'autres.
Les matériaux étaient devenus très-rares, les arbres,
autour de la ville (2), ayant déjà été coupés à une
distance d'une centaine de stades pour construire
les précédentes machines (3).

---

(1) *Guerres*, liv. V, ch. 2, § 5.
(2) *Guerres*, liv. VI, ch. 1, § 1.
(3) Ce fait historique réfute la légende superstitieuse qui veut que les
arbres qui croissent aujourd'hui dans le jardin de Gethsémané soient
les mêmes que ceux qui furent témoins de l'agonie du Sauveur. Nous
ne pouvons pas supposer que Titus eût un égard particulier pour cet
endroit, ou que dans sa grande pénurie de bois il épargnât les arbres
qui s'y trouvaient.

L'attaque contre la tour Antonia fut renouvelée et le combat, un combat désespéré, continua des deux côtés. Les béliers furent maniés avec une force surprenante. La résistance des Juifs exaspérait l'armée de Titus. La muraille, pendant la nuit, se trouva tellement ébranlée par les béliers, à l'endroit où Jean l'avait minée pour incendier les plates-formes, qu'elle céda et s'écroula soudainement. Cet accident donna du courage aux assaillants. Les Juifs cependant se sentaient pleins de confiance tant que la tour d'Antonia restait debout. Les Romains avancèrent à travers la brèche; mais ils trouvèrent une autre muraille intérieure que les Juifs avaient élevée pour protéger l'endroit affaibli par leurs propres souterrains. Celle-ci fut néanmoins plus vite renversée que l'autre. Titus encouragea ses soldats à avancer et à s'emparer de la tour Antonia. « Si nous montons à la tour Antonia, » s'écria-t-il, « la ville est à nous. » L'assaut fut renouvelé le troisième jour, continué pendant quinze jours encore, et la tour fut prise par le stratagème suivant : Douze gardes romains avec le porte-étendard de la cinquième légion, deux cavaliers et un trompette s'acheminèrent sans bruit, à la neuvième heure de la nuit (environ trois heures du matin), à travers les ruines, vers la tour Antonia. Lorsqu'ils eurent tué les premières sentinelles, ils prirent possession de la muraille et donnèrent l'ordre de sonner la trompette.

A ce son, le reste des sentinelles juives s'enfuit
avant que personne eût pu voir le nombre de ceux
qui étaient entrés ; ils s'imaginaient que la troupe
des ennemis devait être grande. Titus, entendant le
signal de la trompette, poussa ses hommes en avant
et pénétra par la brèche. Jean et Simon unirent
leurs forces et attaquèrent les Romains avec un
courage sans égal. « Ils se sentaient perdus si les
Romains entraient dans le temple ; ceux-ci, de leur
côté, voyaient dans le même acte le présage de la victoire. Une terrible bataille fut livrée à l'entrée même
du temple. » Il s'ensuivit un grand carnage des
deux côtés. Enfin, après diverses alternatives, la
victoire parut pencher du côté des Juifs, tant leur
zèle l'emportait sur le courage même des Romains.
Le combat avait duré depuis la neuvième heure de
la nuit jusqu'à la septième heure du jour, c'est-à-
dire une heure du soir, en tout dix heures entières.
On rapporte à ce moment un des actes de valeur
les plus extraordinaires de tout le siége. « Un certain
Julien, centurion, fameux pour son adresse dans les
armes, sa vigueur physique et sa force d'âme, voyant
les Romains sur le point de céder et dans une situation fâcheuse, sortit des rangs, et, à lui seul, mit
les Juifs en fuite, alors qu'ils étaient déjà victorieux.
Il les força à se retirer jusqu'au coin de la cour intérieure du temple. Ils s'enfuirent tous en foule sup-
posant que cette force et ces attaques violentes ne

pouvaient être celles d'un homme ordinaire. Il se
précipita au milieu d'eux, massacrant tout ce qu'il
rencontrait. En courant, il glissa sur le pavé sanglant de la cour et tomba sur le dos. Immédiatement, les Juifs l'entourèrent, le frappant de leurs
lances et de leurs épées. Pendant longtemps il se
défendit avec son bouclier; mais, accablé par le nombre, il se donna lui-même la mort. » Les Juifs emportèrent son cadavre comme un trophée, mirent
les Romains en fuite, les chassant de la cour du
temple et les enfermant dans la tour Antonia
qu'ils avaient prise par stratagème, mais non sans
y perdre bien du temps et bien des vies.

Titus ordonna ensuite à ses soldats de faire une
brèche dans les fondations de la tour, réservant
les parties qui pouvaient servir à la garnison, et faisant préparer le chemin pour son armée. Pendant
qu'on exécutait ses ordres, il apprit que le dix-
septième jour du mois de panémus, le sacrifice
journalier n'avait pu être offert parce que les hommes manquaient, et que le peuple en était très-tour-
menté. Profitant de cette circonstance, il se décida
à tenter un dernier effort pour terminer la guerre.
Il envoya donc Josèphe à Jean avec le message
suivant : Pour préserver la ville et le temple de la
destruction, le général romain proposait à Jean de
sortir hors des murs et de se battre avec ses soldats.
Il l'autorisait de même à employer tous les hommes

nécessaires pour faire offrir les sacrifices interrompus. » Cette offre de Titus montrait combien grand était son désir de préserver ce beau temple qui se dressait devant lui dans son incomparable majesté.

. Cette cessation du sacrifice journalier est encore un des points qui signalent l'accomplissement de la prophétie. Ce dix-septième jour de panémus (70 ans ap. J.-C.), s'appliquant aux années qui terminent la prédiction de Daniel, est par cela même remarquable : « Il confirmera l'alliance à plusieurs, dans une semaine ; et à la moitié de cette semaine-là, il fera cesser le sacrifice et l'oblation (1). » Cette prophétie fut prononcée 606 ans avant que le siége romain fît cesser le sacrifice journalier. Or, depuis le mois de février (66 ap. J.-C.), lorsque Vespasien prit le commandement des troupes et commença la guerre, jusqu'au dix-sept de panémus (70 ap. J.-C.), il y avait juste trois ans et demi, c'est-à-dire précisément une demi-semaine prophétique. Avec quelle exactitude infaillible la providence divine accomplit les paroles prononcées par la prophétie !

La justice rétributive est un élément essentiel des dispensations de Dieu. — Ce principe est démontré fréquemment, et toujours d'une manière très-frappante, dans l'Ecriture ; mais l'histoire de Jérusalem

---

(1) Dan., IX, 27.

nous en présente certainement une des plus remarquables applications.

Les Juifs n'avaient pas seulement versé le sang de Christ ; ils avaient dit : « Que son sang soit sur nous et sur nos enfants. » Et la justice divine leur donna du sang jusqu'à le faire couler à flots dans la cour du temple.

Ils avaient demandé qu'on leur relâchât un meurtrier, et la justice de Dieu leur donna des brigands et des meurtriers jusqu'à leur faire prendre la vie en horreur et jusqu'à plonger leurs âmes, à cause d'eux, dans une inexprimable angoisse.

Ils avaient pris le Saint et le Juste, l'avaient battu et tourmenté. De même les soldats romains battirent d'abord et tourmentèrent ensuite leurs prisonniers. Lorsque Jésus était cloué à la croix, ceux qui passaient par là se moquaient de lui et l'accablaient d'outrages. De même « les soldats romains clouèrent à des croix, en se moquant, tous ceux qu'ils parvenaient à saisir. »

La justice de Celui qui rend à chacun selon ses œuvres peut être lente parfois, mais elle éclate toujours avec certitude, lorsqu'une fois la patience divine ne la retient plus.

Nous ne saurions oublier, en suivant cet ordre d'idées, que le même principe de justice continue à s'exercer dans le monde. Si nous ne pouvons pas renouveler à la lettre l'attentat des Juifs, nous pou-

vons cependant par nos péchés, selon l'expression
de saint Paul, « crucifier de nouveau le Seigneur
de gloire et l'exposer à l'ignominie. » Nous pouvons
attirer ainsi sur nos têtes la colère de Dieu, si
nous méprisons sa grâce et si nous refusons de
prêter l'oreille à ses avertissements. Attendons-
nous, dans ce cas, à un châtiment semblable à celui qui atteignit la nation coupable. Ou plutôt :
« De combien plus grands tourments pensez-vous
que doive être jugé digne celui qui aura foulé aux
pieds le Fils de Dieu, tenu pour une chose profane le sang de l'alliance, par lequel il avait été
sanctifié, et outragé l'Esprit de grâce ? Car nous
connaissons Celui qui a dit : « C'est à moi qu'ap-
partient la vengeance ; je le rendrai, » dit le Seigneur. Et ailleurs : « Le Seigneur jugera son peuple. » — « C'est une chose terrible que de tomber
entre les mains du Dieu vivant (1). »

(1) Héb., X, 29-31.

CHAPITRE IX

LE TEMPLE DÉTRUIT

« Ils tomberont sous le tranchant de l'épée , et ils seront menés captifs parmi toutes les nations ; Jérusalem sera foulée par les nations jusqu'à ce que les temps des nations soient accomplis... Le ciel et la terre passeront, mais mes paroles ne passeront point. »

Luc, XXI, 24, 33.

A la suite d'efforts inouïs, Titus avait enfin pris possession de Bézétha qu'il avait détruite, d'Acra dont il avait abattu les murailles, et de la tour d'Antonia qu'il avait en partie démolie. Il fut repoussé avec perte lorsqu'il voulut essayer de s'emparer du temple. Avant de tenter cette dernière attaque, il avait encore envoyé Josèphe pour parlementer une dernière fois avec le peuple et lui persuader de se soumettre, en vue de terminer ainsi la guerre et de sauver le temple et le reste de la ville de la destruction. Josèphe, s'exprimant en hébreu, engagea ses concitoyens, par toutes sortes de rai-

sons, à s'abandonner à la clémence de Titus et à
préserver ainsi leur magnifique temple du feu qui
allait le dévorer.

Josèphe leur parla d'un ton sérieux et triste qui tou-
cha le peuple. Mais Jean, accablant l'envoyé de
Titus de reproches et d'imprécations, se mit à défier
la puissance romaine et déclara qu'il se chargeait
de veiller lui-même à la garde de la cité de Dieu.

Il y a plus, exaspérés par ce discours de Josèphe, Jean et ses compagnons tâchèrent de s'emparer de sa personne. Quelques-uns des principaux
du peuple s'enfuirent de la ville avec les grands sacrificateurs de la cité et furent très-bien reçus par
Titus. Josèphe fut envoyé ensuite avec des forces
nombreuses pour faire le tour des murailles et se
montrer au peuple. A cette vue, un grand nombre
se décidèrent à gagner le camp des Romains. Les
déserteurs joignirent à leur tour leurs prières à
celles de Josèphe pour faire admettre les Romains
dans la ville, ou du moins pour déterminer les Juifs
à évacuer le temple et à sauver ainsi la sainte demeure de l'Eternel. Mais tout fut inutile, car les re-
belles érigèrent le temple lui-même en citadelle.

Titus voyant ainsi échouer son désir d'entrer en
négociations avec les Juifs, se prépara donc à l'attaque avec courage et résolution. Comme il ne pouvait engager l'action avec toute son armée, faute
d'espace, il choisit trente des plus vaillants soldats

de chaque légion, et, plaçant chaque tribun à la tête de mille hommes, il leur ordonna d'attaquer les sentinelles du temple vers la neuvième heure de la nuit. Les envoyés ne trouvèrent pas les sentinelles endormies, comme ils l'avaient espéré, mais furent forcés de les prendre corps à corps et de se jeter sur elles avec violence. Ceux qui étaient dans le temple accoururent au secours des sentinelles. Il s'ensuivit une grande confusion au milieu des ténèbres; bien des Juifs périrent dans la mêlée de la main même de leurs amis. Le combat continua depuis trois heures du matin jusqu'à onze heures, à l'endroit même où il avait commencé. Aucune des deux troupes ne put se flatter d'avoir fait reculer l'autre, et n'osa par conséquent revendiquer la victoire.

Pendant les sept journées qui suivirent, l'armée romaine se mit en devoir d'abattre plusieurs des murs de la tour Antonia, afin d'ouvrir une voie plus large pour aller au temple, et de pouvoir mettre en ligne des forces plus nombreuses. Ce travail accompli, les légions s'approchèrent de la première cour (cour des Gentils) et commencèrent à élever leurs plates-formes. L'une de celles-ci fut placée au nord-ouest (au coin du temple intérieur ou cour d'Israël); une autre à l'édifice du nord qui était entre les deux portes; deux autres furent dressées, l'une près de la galerie située à l'ouest de la cour extérieure, l'autre non loin de la galerie du

nord. Les assaillants n'y réussirent pas sans de grandes difficultés, vu l'obligation où étaient leurs troupes
d'apporter leurs matériaux de fort loin. Les travail-
leurs étaient sans cesse harcelés par les Juifs, auxquels la vue de ces préparatifs, en les réduisant au
désespoir, inspirait une plus grande hardiesse. Telle
était, avec cela, la pression causée par la famine,
que les séditieux s'élancèrent soudainement hors de
la ville et attaquèrent les gardes romaines sur le
mont des Oliviers. Ils avaient l'espoir de briser la
muraille qui les enlaçait et de s'échapper ainsi en
rase campagne. Le combat fut désespéré, les Romains se rendant bien compte que ce serait une
honte pour eux de les laisser échapper, maintenant
qu'ils étaient pris comme dans un filet, tandis que
les assiégés sentaient bien que c'était là leur dernière planche de salut. Les Israélites furent à la fin
repoussés dans la ville avec des pertes considérables.

Ainsi trompés dans leur espoir de fuite, les assiégés commencèrent alors eux-mêmes la destruction
du sanctuaire en incendiant trente pieds des galeries
pour le séparer de la tour Antonia. Deux jours
après, le 24 du mois de panémus, les Romains mirent le feu à la galerie qui joignait cette dernière;
vingt-deux pieds et demi de plus furent ainsi consu-
més.

Lorsque deux des légions eurent disposé leurs

plates-formes, Titus donna l'ordre de faire avancer les béliers et de les placer contre le mur occidental du temple. Avant même qu'on n'eût élevé ceux-ci, les plus puissants engins de guerre avaient déjà battu les murailles pendant six jours, et n'avaient pas réussi à les ébranler. La largeur des pierres et la forte maçonnerie des murs avaient résisté à la puissance des machines. D'autres soldats furent employés à miner la fondation de la porte du nord. A la suite d'efforts inouïs', ils réussirent à soulever les pierres extérieures ; la porte était pourtant toujours fixée par les pierres intérieures, et n'avait pu être ébranlée.

Les soldats apportèrent alors leurs échelles pour escalader les murs de la place. Mais les Juifs tombèrent sur eux, les renversèrent, la tête la première, s'emparèrent encore des machines de guerre et les détruisirent.

Aussitôt après, ils remplirent une partie de la galerie occidentale, dans la cour des Gentils, de bitume, de poix et d'autres matières inflammables, et se retirèrent comme s'ils étaient serrés de près par les soldats ; ceux-ci se hâtèrent alors de les poursuivre, apportèrent leurs échelles et montèrent aux galeries ; mais, tout à coup, les flammes éclatent de toutes parts. Les soldats s'arrêtent consternés. Plus d'un se précipita dans la ville, d'autres se tuèrent de leurs propres mains, et plusieurs enfin périrent dans les flammes.

Titus, voyant que ses efforts pour préserver le temple étaient préjudiciables à ses soldats, que les murs du temple intérieur étaient trop solides pour les béliers, et que les fondations des portes ne pouvaient pas être minées, donna l'ordre de mettre le feu à ces dernières. L'ordre étant exécuté, les flammes s'étendirent et atteignirent les galeries. Cet incendie dura deux jours, mais les soldats ne purent réussir à brûler toutes les galeries qui s'étendaient autour du temple.

Titus ordonna à ses soldats d'éteindre le feu pendant qu'il appelait en conseil les généraux, afin de décider avec eux ce que l'on ferait du sanctuaire. Les uns parlaient de le démolir, d'autres auraient voulu le préserver, si les Juifs consentaient à se rendre; sinon, ils étaient d'avis de le brûler. Mais Titus répondit « qu'en aucun cas il n'était d'avis de brûler un si bel ouvrage, que ce serait un monument pour l'empire et qu'il voulait l'épargner, quand même les Juifs devraient continuer à s'y défendre. » « Mais, » ajoute l'historien Josèphe, « Dieu l'avait depuis longtemps condamné, et maintenant le jour fatal était arrivé. »

Le conseil terminé, « Titus se retira dans la tour Antonia, décidé à prendre le temple d'assaut le lendemain matin de bonne heure. » Pour mieux réussir, il résolut d'amener toute l'armée et de la faire camper autour du sanctuaire. Après le départ de

Titus, il y eut comme une sorte de trêve. Elle ne fut pas de longue durée ; les factions juives atttaquèrent tout à coup les Romains, occupés en ce moment à éteindre le feu qui commençait à brûler la cour intérieure du temple. Mais les Juifs furent mis en fuite et les Romains s'avancèrent jusqu'aux murs du temple. A ce moment, un des soldats, sans avoir reçu aucun ordre et sans se soucier de la responsabilité qu'il encourait, s'approche, animé de fureur, saisit quelques matériaux enflammés, et, soulevé par un autre soldat, met le feu à la fenêtre dorée donnant accès aux chambres qui entouraient le sanctuaire du côté du nord.

L'intérieur du temple était richement garni des bois les plus précieux ; les planchers en étaient de cèdre recouvert de sapin, ce qui explique que les flammes s'étendirent avec une grande rapidité. « Au moment où elles s'élevèrent, les Juifs poussèrent de grandes clameurs... et coururent pour les éteindre. Ils ne pensaient plus à sauver leurs vies ; ils ne songeaient qu'au sanctuaire en péril. » Un messager court à la tente de Titus, qui se reposait après la dernière bataille, et lui annonce ce qui se passe. Titus se lève aussitôt en grande hâte et court au temple pour éteindre l'incendie. Tous les commandants et plusieurs légions le suivent. Là, il interpelle à haute voix les soldats qui combattaient, leur fait signe de la main droite et s'efforce de faire arrêter les progrès du feu. Vaine précaution : les soldats n'entendent pas ce qu'il dit, assourdis comme ils le sont par le bruit qui se faisait autour d'eux, et ne font pas plus d'attention au signe de sa main. Quant aux légions qui arrivent en courant, ni les ordres ni les menaces ne peuvent retenir leur violence. La passion commandait à chacun en ce moment.

Comme les Romains se pressaient pour arriver au temple, plusieurs furent foulés aux pieds, tandis qu'un grand nombre furent engloutis dans les ruines brûlantes des galeries. Ceux qui arrivent près du sanctuaire, sourds aux ordres de Titus, encouragent encore les soldats, qui activent le feu. Quant aux factieux, ils étaient en trop grande détresse pour se préoccuper de l'éteindre; ils furent partout pris et massacrés. La masse du peuple, faible et sans armes, succomba de tous côtés sans pouvoir même se défendre. Autour de l'autel étaient couchés des monceaux de cadavres entassés les uns sur les autres, et les marches de l'autel ruisselaient de sang (1).

Titus ne pouvait plus retenir la colère furieuse de ses soldats. Alors, voyant que le feu s'étendait de proche en proche, il se rendit, avec ses principaux lieutenants, dans le Saint des saints, pour en

(1) *Guerres*, liv. VI, ch. 4, § 6.

visiter l'intérieur. Il y vit l'encensoir d'or, l'arche de l'alliance plaquée d'or, les tables de la loi, et au-dessus les chérubins qui couvraient le propitia-toire (1).

Il trouva que l'intérieur du lieu très-saint dépassait en magnificence tout ce qu'il avait imaginé.

« Les flammes n'avaient pas encore atteint aux parties intérieures, mais consumaient les chambres qui entouraient le sanctuaire. Titus, espérant que l'édifice pourrait encore être sauvé, sortit à la hâte et s'efforça de persuader à ses soldats d'arrêter le feu. Il enjoignit aux officiers de punir sévèrement ceux qui résisteraient à ses ordres. Mais les passions étaient trop surexcitées pour que l'on fît attention à Titus ou que les soldats obéissent à leurs chefs. L'espérance du pillage en excitait beaucoup à continuer, voyant que tout ce qui les entourait était plaqué d'or, et ils s'imaginaient que tout l'intérieur du temple devait en être plein. » Un des soldats qui était dans la place jeta du feu sur les panneaux de la porte, et les flammes éclatèrent dans le sanctuaire lui-même.

Lorsque Titus et ses officiers se furent retirés, personne ne put suffire à retenir ces artisans d'incendie et de pillage. C'est ainsi que le temple fut brûlé, malgré la volonté du général romain.

(1) Héb., IX, 4, 5.

Les gémissements des mourants retentirent au loin comme un écho de désolation dans les montagnes. La cité entière semblait en feu, la colline étant élevée et les bâtiments du temple très-vastes.

Les Romains, jugeant inutile désormais d'épargner ce qui restait du sanctuaire, brûlèrent toutes les constructions, ainsi que les restes des cloîtres, les portes et la chambre du trésor, où était renfermée une énorme quantité d'argent, de vêtements et d'objets précieux. La destruction par le feu fut donc totale et complète.

Josèphe nous dit que le nombre d'années qui s'écoulèrent depuis la première fondation du temple par le roi Salomon jusqu'à sa destruction, la seconde année du règne de Vespasien, le 15 août, 73 ap. J.-C., fut de onze cent trente ans, sept mois et quinze jours. Depuis la deuxième construction du temple par Haggai, la seconde année de Cyrus, jusqu'à sa destruction par Titus, il s'écoula six cent trente-neuf ans et quarante-cinq jours. Le premier temple, curieuse coïncidence ! avait été détruit par Nébucadnetsar le même jour du mois, le 15 août, juste six cent soixante et un ans auparavant.

Comme la providence du Tout-Puissant est visible dans ces événements ! Le temple fut détruit, malgré le grand désir des Juifs et de leurs ennemis eux-mêmes de l'épargner. L'arrêt était prononcé.

Aucun effort, aucun conseil humain ne pouvait y faire opposition. Ce ne fut pas la foudre du ciel qui atteignit ce beau temple, ni le tremblement de terre qui ébranla ses tours crénelées ou renversa les fondations de ses murailles massives. Néanmoins, l'œuvre de la destruction fut accomplie tout entière. Les Israélites eux-mêmes et Titus, au moyen de ses soldats, furent les instruments employés pour réaliser tout ce que les prophètes avaient écrit et tout ce que Jésus-Christ avait dit lui-même concernant la ruine de la ville et du temple. Nous pouvons bien dire, en empruntant le langage des Lamentations (IV, 11) : « L'Eternel a satisfait son courroux ; il a répandu l'ardeur de sa colère ; il a allumé dans Sion le feu qui a dévoré ses fondements. »

La ville neuve de Bézétha, la ville basse d'Acra et le temple au sommet de Morijah une fois en ruines, tout ce qui restait de Jérusalem était le mont de Sion ou la ville haute, la cité de David. Elle était jointe au temple par un pont, déjà décrit, qui traversait la vallée de Tyropœon. Avant de sévir contre Sion, Titus tenta encore un dernier effort pour engager les Juifs à se rendre. Debout sur le pont, il harangua le peuple avec l'aide d'un interprète. Simon et Jean commandaient alors. Il termina son discours en disant : « Si vous voulez mettre bas les armes et vous abandonner à moi,

j'agirai avec clémence comme un père de famille.
Je châtierai les coupables. Quant à ceux qui reste-
ront, je les réserverai pour les employer comme je
le trouverai bon. »

Les Juifs, pour toute réponse, demandèrent
qu'on leur laissât le passage libre pour s'enfuir au
désert eux et leurs familles. Titus, indigné de voir
ceux qu'il avait conquis se permettre de lui imposer
leurs conditions, leur dit alors qu'ils n'eussent plus
à venir auprès de lui comme déserteurs, ni à s'attendre de sa part à aucune protection; qu'à l'avenir il n'épargnerait personne, mais combattrait avec
toute son armée; qu'ils eussent à s'échapper comme
ils le pourraient, car il les traiterait dorénavant
d'après les lois de la guerre.

Lorsque Titus eut remarqué que Sion était si
élevée qu'elle ne pouvait être prise sans construire
des ouvrages tout autour, il commença tout de suite
à distribuer le travail à son armée. Quatre légions
avaient élevé leurs plates-formes à l'ouest de la
cité, juste en face du palais royal. Les ouvrages
élevés par les autres troupes étaient au Xystus, immense place ouverte à l'extrême orient, entourée
d'un portique couvert. On y arrivait par le pont; le
peuple y tenait ses assemblées. Pendant ces préparatifs, les Iduméens résolurent de se rendre. Ils
furent reçus par Titus en prisonniers, et vendus
comme esclaves par ses soldats.

En dix-huit jours, les ouvrages furent achevés et les béliers amenés contre les murailles.

Désespérant de sauver la cité, plusieurs Juifs quittèrent le rempart et se réfugièrent dans la citadelle, tandis que d'autres descendirent dans les souterrains. Un grand nombre cependant se défendirent contre les soldats romains, qui en eurent bientôt raison. A peine une partie de la muraille fut-elle écroulée et quelques-unes des tours eurent-elles cédé, qu'une grande terreur s'empara des Juifs; ils prirent la fuite avant même que les Romains eussent franchi la brèche qu'ils venaient de faire.

Devenu ainsi maître de l'enceinte, Titus planta ses enseignes sur les tours, et ses soldats saluèrent joyeusement la victoire. Lorsqu'ils eurent pris possession de la dernière muraille, sans effusion de sang, ils purent à peine croire à la réalité de leur conquête. Ne voyant plus personne pour leur résister, ils se demandaient, surpris et étonnés, si toute l'opposition de leurs ennemis était bien finie.

Mais lorsqu'ils pénétrèrent en grand nombre et l'épée à la main dans les rues mêmes de la ville, ils tuèrent sans merci tous ceux qu'ils rencontrèrent et mirent le feu aux maisons dans lesquelles les Juifs s'étaient réfugiés, brûlant ainsi tous ceux qui s'y trouvaient. Dans d'autres maisons où ils en-

trèrent pour se livrer au pillage, ils virent des familles entières étendues mortes, et les chambres
hautes pleines des corps de ceux que la famine
avait fait périr.

Lorsque Titus vit la solidité et la largeur des
assises, la liaison, la hauteur et la dimension des
pierres qui entraient dans la structure des remparts,
il dit : « Certainement nous avons eu la Divinité
pour aide dans cette guerre, et nul autre qu'elle n'a
rejeté les Juifs hors de ces fortifications ; car que
peuvent les mains des hommes ou les machines de
guerre contre de telles tours (1) ? »

Il donna l'ordre de démolir la ville entière, ne
laissant que les tours de Phasaël, d'Hippicus et de
Mariamne, et, de l'enceinte, que la partie qui entourait la ville à l'occident. Cette muraille fut lais-
sée afin d'offrir un abri à ceux qui devaient rester
là en garnison, et les tours pour montrer à la postérité quelle sorte de ville fortifiée avait dû céder
devant la valeur romaine. Tout le reste des remparts
fut si complétement détruit qu'on aurait pu croire
que cet endroit n'avait jamais été habité.

« Voilà, » dit Josèphe, « quelle fut la fin de Jérusalem, de cette ville si magnifique et si renom-
mée dans le monde ! »

L'or et l'argent qui ornaient le temple et qui

---

(1) *Guerres*, liv. VI, ch. 9, § 1.

étaient déposés dans le trésor furent fondus pendant
l'incendie et coulèrent au milieu des ruines. L'opinion publique prétendait aussi que les Juifs avaient
caché dans des voûtes et des cavernes ou enfoui
dans la terre de grandes quantités d'or et d'argent
et de pierres précieuses ; les soldats creusèrent
donc sous les ruines et fouillèrent partout avec un
soin minutieux. C'est ainsi que les fondations du
temple et des galeries environnantes furent bouleversées, et des pierres immenses renversées pêle-
mêle.

Dans le Talmud juif, il est écrit que Térence
Rufus, laissé à Jérusalem par ordre de Titus en
qualité de commandant, fit passer le soc de la charrue sur l'emplacement du temple. Eléazar, parlant
aux Juifs assiégés dans la forteresse de Masada :
« Où est maintenant, » leur dit-il, « cette grande
cité, la capitale de la nation juive, qui était fortifiée
et entourée de tant de remparts, qui avait tant de
forteresses et de si grandes tours pour la défendre,
et pour laquelle tant de milliers et de milliers d'hommes combattaient ? Où est cette cité où l'on croyait
que Dieu lui-même daignait habiter ? Elle a été
renversée jusque dans ses fondements. Et je ne puis
que regretter que nous ne soyons pas tous morts
avant d'avoir vu cette sainte cité détruite par la
main de nos ennemis ou les fondations de notre
saint temple bouleversées d'une manière si pro-

fane. » Eusèbe dit aussi que Jérusalem fut labourée par les Romains et qu'il la vit en ruines. Ainsi
s'accomplit la prédiction de Michée faite plus de
sept cents ans avant Jésus-Christ : « C'est pourquoi, à cause de vous, Sion sera labourée comme
un champ ; Jérusalem sera réduite en monceaux et
la montagne du temple en une haute forêt (1). »

Jérusalem fut réduite à cette extrémité après un
siége d'environ cinq mois, la seconde année du règne de Vespasien et trente-huit ans après la crucifixion du Sauveur. Le sceptre était tombé des mains
de Juda, les sacrifices journaliers avaient cessé, le
jour de la vengeance était venu ; et dans ses ruines
immenses, cette ville demeure comme preuve sécu-
laire que « le ciel et la terre passeront, » mais que
la moindre parole de Dieu s'accomplira.

Jésus-Christ avait dit bien longtemps après Michée : « Ils tomberont sous le tranchant de l'épée,
et ils seront menés captifs parmi tous les peuples ;
Jérusalem sera foulée par les Gentils jusqu'à ce que
les temps des Gentils soient accomplis. »

Ils tomberont sous le tranchant de l'épée. — Les
faits qui précèdent prouvent jusqu'à l'évidence l'accomplissement de ces paroles. Josèphe raconte
que « les soldats eux-mêmes finirent par se fatiguèr
de tuer. » Si on compte les morts tombés en vingt-

---

(1) Michée, III, 12.

quatre endroits pendant cette guerre de sept ans,
on peut les évaluer à 249, 690, ce qui, ajouté à ceux
qui périrent à Jérusalem, au nombre de 1,087,800,
par la famine, la peste ou l'épée, porte le chiffre
total à 1,337,490. Ce chiffre est naturellement in-
dépendant des multitudes qui ne furent pas comp-
tées et qui périrent dans les voûtes, les égouts, les
caves, les bois et les déserts, comme aussi de ceux
qui furent envoyés dans les amphithéâtres de l'empire
pour y être mis en pièces par les bêtes sauvages.
Le nombre de près de 1,100,000 tués assigné à Jérusalem semblerait incroyable, si nous ne nous rap-
pelions pas que, juste avant le siége, une immense
affluence de Juifs s'y était assemblée pour célébrer
la Pâque, venant de la Judée, de la Galilée, de la
Samarie, de la Pérée, de l'Idumée et d'autres régions. Josèphe ne nous affirme pas d'une manière
absolue que plus de deux millions et demi de personnes étaient alors dans la ville, mais il base son
évaluation sur le nombre d'agneaux consommés
pendant la Pâque, en comptant dix personnes pour
chaque agneau. Josèphe a pu dire avec raison que
la destruction à Jérusalem fut plus grande que tout
autre ne l'avait jamais été dans le monde.

Ils seront menés captifs parmi toutes les nations. —
Le nombre des Juifs emmenés en esclavage fut de
97,000. Quelques-uns des plus jeunes, des plus
grands et des plus beaux furent emmenés à Rome

pour orner le triomphe de Titus. Ceux au-dessous de dix-sept ans furent vendus comme esclaves. Les hommes haut placés et les gens de qualité, ainsi que leurs femmes et leurs enfants, furent aussi vendus à très-bas prix, parce que le nombre en était grand et que les acheteurs étaient rares. Titus n'ayant pu obtenir aucun prix pour 40,000 Israélites, gens du peuple, les laissa aller où bon leur semblerait. Des multitudes furent envoyées en Egypte et dans toutes les provinces de l'empire pour y être employées au travail des mines. L'empereur, pour rendre son triomphe à Rome plus imposant, mit en réserve d'immenses trésors et les ustensiles sacrés pris dans le temple. Il y fit paraître aussi les capitaines et les généraux, et particulièrement Simon et Jean, qui s'étaient mis à la tête de la résistance. « Simon fut conduit parmi les captifs, la corde au cou, en butte aux insultes des soldats qui le traînèrent le long du Forum, où ils finirent par le mettre à mort (1). »

En commémoration de cette victoire, le sénat romain éleva à Titus, après sa mort, un arc de triomphe magnifique qui subsiste encore aujourd'hui. Il est situé au point culminant de la voie Sacrée, non loin du Colysée. Les deux bas-reliefs sont très-connus. L'un représente Titus sur un char de triomphe;

(1) *Guerres*, liv. VII, ch. 5, § 6.

ARC DE TITUS A ROME.

l'autre les captifs juifs, la table d'or, le chandelier à sept branches, les trompettes d'argent et les autres dépouilles du temple. Tandis que le Colysée, les temples, le Forum et le palais des Césars sont en ruines, cet arc est encore debout comme un témoin providentiel de la fidélité de Dieu dans ses menaces.

Jérusalem sera foulée par les nations. — Nous avons déjà vu combien la possession de Jérusalem par les Romains fut complète et absolue. L'empereur donna l'ordre au procurateur de Judée d'y mettre en vente le territoire tout entier, car il n'avait pas l'intention d'y bâtir une seule ville.

Les Juifs étaient si appauvris qu'ils ne purent en acheter la moindre parcelle. Le pays tomba donc complétement entre les mains des gentils ; car ce qui ne fut pas vendu fut réclamé par le trésor en vertu du droit de conquête.

Aucune tentative ne fut faite pour rebâtir Jérusalem. A peine, dans l'espace de cinquante ans, quelques pauvres masures y furent-elles construites. Cependant, l'an 131, l'empereur Adrien s'y décida. Il changea la situation en laissant en dehors Morijah, Sion et Bézétha. Il appela cette nouvelle cité *Ælia* en son honneur. Il commanda d'élever sur la porte, en face de Bethléhem, la statue en marbre d'un sanglier et éleva dans la ville un temple à Jupiter Capitolin. Ces actes rendirent les Juifs si furieux,

qu'étant devenus plus nombreux et plus forts, ils se
révoltèrent ouvertement et firent un effort désespéré
pour recouvrer leur indépendance. Ils eurent d'abord
quelque succès, mais bientôt après la ville fut assiégée, reprise et brûlée. La révolte s'étendit dans
le pays, mais les Romains la réprimèrent avec de
grandes pertes pour les Juifs.

L'empereur fit encore rebâtir la ville et publia un
édit défendant aux Juifs, sous peine de mort, d'y
entrer ou même de la regarder à distance.

L'an 323, Constantin, le premier empereur chrétien, rétablit l'ancien nom de Jérusalem. Par sa
munificence et celle de sa mère, Hélène, la sainte
cité fut ornée d'églises et de beaux édifices. Vers la
même époque, les Juifs firent une nouvelle tentative
pour reprendre la ville et relever le temple. Ils
échouèrent, et l'empereur, « leur ayant fait couper
les oreilles, et les avoir marqués au fer chaud, les
dispersa dans toutes les provinces de l'empire
comme des esclaves et des fugitifs. »

Vers l'an 358, l'empereur Julien, neveu de Constantin, mais apostat de la foi chrétienne, annula
les édits contre les Juifs. Il s'aperçut que l'accomplissement des prophéties concernant Jérusalem et
la nation juive était un argument bien fort en faveur
du christianisme. Là-dessus, il se déclara déter-
miné à renverser la prophétie en ramenant les Juifs
dans leur propre pays et en rétablissant leur culte

et leurs lois politiques. Dans ce but, il résolut de restaurer la ville, de la repeupler d'Israélites et de réédifier le temple sur son ancien emplacement avec la plus grande magnificence. Après avoir consacré à cette entreprise des sommes importantes, il commença immédiatement les travaux et employa un grand nombre d'ouvriers à déblayer les fondements du temple. Les ouvriers étaient décidés à travailler, mais « de terribles globes de feu faisaient, dit-on, explosion près des fondations, brûlant les ouvriers et rendant la place inaccessible. L'ouvrage finit par cesser. » Plusieurs autorités, dignes de foi, racontent ce fait étrange (1).

Au commencement du septième siècle, en 614, la ville fut prise d'assaut par Chosroës, roi de Perse. Il la pilla, et fit subir bien des cruautés à ses habitants. Au bout d'une année, elle fut reprise par l'empereur Héraclius, qui en bannit tous les Juifs, leur défendant de s'en approcher à plus de trois milles.

En 636, le calife Omar, troisième successeur de Mahomet, prit Jérusalem après un siége de trois

---

(1) Ammien-Marcelin, un païen, Zemuch David, un juif qui avoua que Julien fut empêché par Dieu (*divinitus impeditus*) dans sa tentative; saint Grégoire de Nazianze et saint Chrysostôme parmi les Grecs, saint Ambroise et saint Rufus parmi les Latins, tous contemporains du fait, sont unanimes à confirmer ce récit.

mois. La ville passa alors entre les mains des Sarrazins.

Pendant les deux siècles qui suivirent, la Palestine fut souvent bouleversée par les luttes entre des chefs rivaux.

Le calife d'Egypte, saisissant l'occasion de dissensions survenues entre les Turcs, s'empara de Jérusalem. Les califes Fatimites la reprirent et la gardèrent jusqu'à l'arrivée des Croisés, 1099 après J.-C. Ceux-ci, après un siége de quarante jours, la prirent d'assaut.

Ils la gardèrent en leur possession pendant quatre-vingt-huit ans. En 1187, Le fameux sultan Saladin la leur arracha, et, depuis ce jour jusqu'à aujourd'hui, sauf de très-courtes interruptions, elle est restée en leur possession, littéralement foulée par les Gentils. C'est dans leurs mains qu'elle restera jusqu'à ce que leur temps soit accompli.

Nous avons maintenant repassé tous les détails de cette merveilleuse prophétie. Nous n'avons établi aucune analogie fantaisiste. Nous n'avons avancé aucune interprétation capricieuse. Nous ne nous sommes appuyés sur aucune preuve douteuse; mais nous avons démontré, par les faits indiscutables de l'histoire authentique, l'accomplissement parfait et minutieux des prophéties. Quelle explication donner à tous ces événements ? Voici la réponse de la Bible : « Ces choses sont écrites afin que vous croyiez que Jésus est le Christ, le Fils de Dieu, et, qu'en croyant, vous ayez la vie par son nom (1). »

Chaque parole concernant Jérusalem a reçu son accomplissement. Les plus grandes puissances de la terre s'unirent pour sauver le temple, et cependant, les flammes se rirent de leurs efforts. Plus tard, un empereur, stimulé par la haine la plus violente, tenta de rebâtir ce même temple : il échoua complétement dans son dessein. Toutes les paroles de Dieu, jusqu'à un *iota* ou à un seul trait de lettre, doivent s'accomplir. Pour l'homme qui met sa confiance en Lui, cette pensée est un grand sujet de joie. Mais c'est en même temps un sujet de tristesse et de désespoir pour tous les ennemis de Dieu. Dieu l'a écrit dans son Livre; et Il a chargé ses messagers de le dire à tous les hommes : « Celui qui croit sera sauvé, mais celui qui ne croit point sera condamné. » Ce décret est aussi formel que celui qui a prédit la destruction de Jérusalem, et l'histoire doit encore en constater l'accomplissement dans chaque vie d'homme. Dieu est fidèle et sa fidélité apparaîtra, soit dans les gloires du monde à venir, soit dans les angoisses de l'abîme.

Ce qui constitue la gloire de Dieu, c'est qu'Il réalise ses plans par l'intermédiaire des hommes qui

(1) Jean, XX, 31.

travaillent à l'accomplissement de leurs propres
desseins. L'empereur romain eut l'ambition de sub-
juguer la Judée. Titus disposa tous les plans du
siége, prépara les assauts, organisa les victoires.
Les brigands et les chefs de factions choisirent
eux-mêmes leurs moyens de pillage et de tyrannie.
Qui est plus libre que l'homme que Dieu a abandonné et qui accomplit son œuvre d'iniquité ? Dieu
punit souvent les hommes par où ils ont péché. Ici
les faits sont tout particulièrement instructifs, et nous
nous sommes efforcés plus haut de les faire ressortir avec une pleine évidence. Ce que nous en avons
dit peut suffire.

Chaque acteur, dans ce drame si étrangement
varié, agit en toute liberté. Les Juifs, les brigands,
les meurtriers, les séditieux et les Romains, tous
firent comme ils croyaient l'avoir eux-mêmes choisi
et combiné. Et cependant tous furent les instruments
divins par lesquels s'accomplirent les événements
annoncés par les prophètes. « Certainement la fureur de l'homme te louera : tu retiendras le reste
de sa colère; » « mais, à cause des élus, ces jours
seront abrégés. »

Il est certain que le péché du peuple juif fût la
cause de la destruction de Jérusalem, car ainsi a
dit le Seigneur : « Qui serait ému de compassion
envers toi, ô Jérusalem! ou qui viendrait s'affliger
avec toi; ou qui se détournerait pour s'informer de

ta prospérité ? Tu m'as abandonné et tu t'en és allée en arrière ; c'est pourquoi j'étendrai ma main sur toi, et je te détruirai ; je suis las de me repentir.... Je livrerai au pillage, sans en faire prix, tes richesses et tes trésors ; et cela, à cause de tous tes péchés, et par toutes tes contrées. Et je ferai passer tes ennemis par un pays que tu ne connais pas ; car le feu de ma colère jette des flammes ; il sera embrasé contre vous (1). »

Il est certain que des scènes se passèrent alors, à Jérusalem, telles que le soleil n'en éclaira jamais de semblables, telles que les ombres de la nuit n'en couvrirent jamais, telles que la terre ne doit jamais plus en voir.

Quelles preuves plus terribles pourrions-nous donner de la puissance du péché ? Si nous prenons l'histoire de Jérusalem depuis le temps où David s'empara de cette ville, si nous poursuivons le cours de ses destinées pendant la révolte d'Absalon, sa prise par Nébucadnetsar, sa destruction par Titus, sa conquête par les Sarrasins, les Francs et les Turcs jusqu'à nos jours, nous voyons qu'il n'y a pas un autre endroit sur la terre contre lequel la colère divine ait été si terriblement et si continuellement allumée.

Le monde ancien fut noyé par un déluge. So-

_____

(1) Jér., XV, 5-6, 13, 14.

dome et Gomorrhe mirent le comble à leurs iniquités et une pluie de feu et de soufre suffit pour les
engloutir. Jérusalem cependant a été durant des
siècles le monument visible des jugements divins.
Ses habitants ont joui, pendant de longues périodes,
de faveurs sans précédent, prouvant ainsi que leur
péché ne cédait ni devant l'amour ni devant la vengeance du Seigneur. Le caractère du péché apparaît
dans toute son horreur lorsqu'on voit le Dieu de
bonté contraint d'agir ainsi vis-à-vis des hommes. Il
en est de même lorsqu'on entend le Sauveur miséri-
cordieux prononcer avec larmes la condamnation
de la ville coupable : « Jérusalem, Jérusalem, qui
tues les prophètes et qui lapides ceux qui te sont
envoyés, combien de fois ai-je voulu rassembler
tes enfants comme une poule rassemble ses poussins
sous ses ailes, et vous ne l'avez pas voulu (1) ! »

(1) Matth., XXIII, 37, 38.

FRISE DE L'ARC DE TITUS, A ROME.

CHAPITRE X

SUITE DE L'HISTOIRE DES JUIFS

« Je les poursuivrai avec l'épée, par la famine et la mortalité, et je les abandonnerai pour être agités par tous les royaumes de la terre, et pour être en exécration, en étonnement et en opprobre à toutes les nations parmi lesquelles je les aurai chassés, parce que, dit l'Eternel, ils n'ont point écouté mes paroles. » JÉR., XXIX, 18, 19.

« Les enfants d'Israël demeureront plusieurs jours sans roi et sans prince et sans sacrifice, sans éphod et sans téraphim : mais après cela, les enfants d'Israël se retourneront et rechercheront l'Eternel leur Dieu et David leur roi, et révéreront l'Eternel et sa bonté aux derniers jours. » OSÉE, III, 4, 5.

« Mes frères, je ne veux pas que vous ignoriez ce mystère... ; c'est que, si une partie d'Israël est tombée dans l'endurcissement, ce n'est que jusqu'à ce que toute la multitude des Gentils soit entrée dans l'Eglise, et ainsi tout Israël sera sauvé, comme il est écrit : le Libérateur viendra de Sion et il éloignera de Jacob toute impiété ; et c'est là l'alliance que je ferai avec eux lorsque j'effacerai leurs péchés. » ROM., XI , 25-27.

L'Ecriture ne parle pas seulement de la dégradation, des souffrances et de la dispersion, mais aussi du relèvement final d'Israël. Toutes les prédictions du Sauveur, prédictions que nous venons de voir si admirablement accomplies, sont inscrites dans l'histoire. Qu'est donc devenu ce peuple? Si l'on demande ce que sont devenus les Parthes, les Mèdes, les habitants de la Mésopotamie et le reste des nations anciennes, l'on peut dire que, semblables à des gouttes de pluie tombées sur la mer, ils se sont fondus et ont disparu. Les Israélites eux aussi ont été ballottés sur les eaux agitées par la forte main du Tout-Puissant. Et cependant ils sont restés la race élue et toujours bien-aimée, à cause de leur père. Dieu ne violera jamais son alliance. Quoique sans nationalité et sans patrie, quoique dispersés parmi les nations, les Israélites sont toujours un peuple à part. Quand le temps des Gentils sera accompli, ils seront ramenés comme les trophées de l'amour de Jésus-Christ, leur Sauveur et le nôtre.

L'Ecriture abonde pour eux en promesses de prospérité s'ils sont fidèles; mais elle les menace aussi de châtiments proportionnés à leurs péchés. Les premières ont été faites par Moïse, il y a plus de trois mille ans (Lévitique, XXVI, 36-39, 44. Deut., IV, 27; XXVIII, 29-68). Des déclarations semblables remplissent les livres des prophètes pendant tout le cours de l'histoire juive (Jérémie, XV, 4; Ezéch., XXIII, 46; Osée, IX, 17).

LEUR DISPERSION

Les Israélites devaient être dispersés jusqu'aux

extrémités de la terre. L'histoire nous dit combien les lois faites contre les Juifs par Adrien, Constantin et les autres empereurs romains, étaient arbitraires et oppressives. Ces lois leur interdisaient, sous peine de mort, d'entrer à Jérusalem ou même d'en approcher à trois milles à la ronde. Vespasien et Constantin les dispersèrent dans tout l'empire. Ils furent vendus comme esclaves en Egypte, accomplissant ainsi la prédiction : « Le Seigneur t'amènera en Egypte dans des vaisseaux, et là, vous serez vendus à vos ennemis comme esclaves. » Il se trouve aujourd'hui que ce peuple, unique entre tous, est mêlé à toutes les nations, dans toutes les parties du monde, même dans des contrées inconnues aux prophètes qui disaient :

« Ils seront dispersés parmi les Gentils, au milieu des nations, que ni eux, ni leurs pères n'ont connues. »

Remarquons, en passant, que cette dispersion du peuple juif n'offre rien de commun avec ces émigrations volontaires dont plusieurs nations modernes nous offrent chaque jour le spectacle, par suite de leur territoire restreint, de leur excédant de population et de leurs nécessités commerciales. Les Juifs, eux, n'ont pas de patrie. et cependant on les retrouve dans tous les pays du monde. Ils ont été chassés çà et là, non par des préoccupations commerciales ou économiques, mais par le caprice des rois et des gouvernements qui n'étaient en cela que les exécuteurs inconscients de la volonté de Dieu.

Ils ne devaient trouver aucun repos parmi les nations. « Encore ne trouveras-tu aucun repos, » dit Moïse, « parmi ces nations-là, et même la plante de ton pied n'aura aucun repos; car l'Eternel te donnera là un cœur tremblant et des yeux qui ne verront point, et une âme pénétrée de douleur (1). »

L'histoire des nations nous présente, chez chacune d'elles, des périodes alternatives de gloire et d'abaissement, de jours sombres et de moments lumineux. Elles ont été tour à tour relevées de leur abaissement ou replongées dans l'abîme. Au contraire, l'histoire des Israélites, pendant de longs siècles, a pu être variée à certains égards; elle n'a jamais cessé d'être uniforme. Les diversités n'ont souvent marqué qu'une chute plus profonde ou un esclavage plus dégradant. D'autres nations, écrasées par l'adversité, ont pu périr; les Juifs, eux, n'ont jamais pu être exterminés.

Pendant le premier siècle, Jérusalem fut réduite en cendres, le temple complétement détruit, le territoire vendu aux Gentils, tandis que la nation était chassée çà et là, et réduite en esclavage.

Dans le second, les empereurs romains édictè-

(1) Deut., XXVIII, 65.

rent contre ce peuple des lois sévères et tyranniques. Sous le règne d'un seul empereur, il n'y eut pas moins d'un demi-million de Juifs mis à mort.

Au troisième siècle, la persécution qui sévit contre eux fut telle, qu'ils ne purent trouver un seul moment de repos.

Au quatrième, Constantin les dispersa comme des fugitifs dans tout l'empire. Avant de les bannir de Rome, nous l'avons vu plus haut, il fit couper les oreilles à plusieurs d'entre eux et les fit marquer d'un fer rouge comme vagabonds.

Au cinquième, après avoir été chassés d'Alexandrie, ils furent traqués dans tout l'empire des Perses, et y furent victimes de la plus cruelle des persécutions.

Au sixième siècle, attirés et trompés par de faux messies, les Juifs se révoltèrent contre leurs maîtres, mais furent mis en déroute et massacrés en grand nombre. En Afrique, où ils se réfugièrent, on leur refusa le droit d'avoir un culte, et même dans les cavernes de la terre ils ne leur fut point permis de pratiquer leur religion.

Au septième siècle, ils furent expulsés d'Antioche, de Jérusalem et d'Espagne. En France, on les força d'abjurer, sous peine de confiscation de tous leurs biens. En Arabie, où Mahomet les réduisit sous le joug, ils furent soumis à un tribut onéreux, puis expulsés du territoire.

Au huitième siècle, dans tous les pays musulmans, il existait une loi déclarant que tout enfant qui renoncerait au judaïsme pour devenir mahométan serait le seul héritier de sa famille. En Espagne, les Juifs furent pris et faits esclaves.

Au neuvième et au dixième siècle, les califes étendirent leurs conquêtes depuis l'Espagne jusqu'à l'Inde. C'était dans cette immense région que se trouvaient le plus grand nombre des Juifs. Ils furent à plusieurs reprises privés de leurs biens, emprisonnés et notés d'infamie. La persécution contre eux devint si violente, qu'ils s'enfuirent dans les déserts de l'Arabie. Pendant quelque temps ils jouirent d'un repos comparatif, souffrant d'insultes privées, mais n'ayant pas à subir de persécutions proprement dites.

Vers la fin du quatorzième siècle, ils furent bannis de France pour la septième fois par Charles VI ; depuis, ils n'y ont presque jamais été que tolérés.

Au quinzième siècle, Ferdinand et Isabelle les expulsèrent d'Espagne. Mariana parle de 170,000 familles qui furent ainsi exilées, tandis que d'autres disent que 800,000 personnes quittèrent le royaume. La plupart de ceux-ci s'enfuirent en Portugal et achetèrent à grand prix, du roi Jean II, leur droit de refuge.

Bientôt même, ils furent bannis du Portugal par Emmanuel, successeur de Jean.

Les faits que nous venons de citer peuvent suffire. Il nous serait facile de les multiplier, en par-
courant successivement toutes les périodes de l'histoire.

« Qui pourra jamais, » dit le Dr Keith, « raconter
ou décrire les souffrances de ce peuple ? Qui dira
les mesures d'oppression dont il fut la victime, et
les misères de toute sorte qui lui furent infligées
dans toutes les contrées de l'Europe ? »

Ils devaient être privés, non-seulement de leurs biens,
mais de leurs enfants.

« Tes fils et tes filles seront livrés à un autre peuple (1). » Nous avons mentionné plus haut la mesure inique à laquelle on avait recours dans les pays
mahométans pour amener les enfants des Juifs à
renoncer à leur religion et à leur famille. En Espagne et en Portugal, on les leur arracha même de
force pour les élever dans la religion catholique.
« Le quatorzième concile de Tolède ordonna que
tous les enfants des Juifs fussent enlevés à leurs
parents pour éviter qu'ils ne partageassent leurs erreurs, et il les fit enfermer dans des monastères, pour
y être instruits des vérités chrétiennes. » Lorsqu'ils
furent bannis du Portugal, le roi ordonna qu'on leur
prît tous leurs enfants au-dessous de quatorze ans,
et qu'on les baptisât. Walter Scott dit en parlant

(1) Deut., XXVIII, 32.

d'eux : « Ils étaient détestés tout ensemble par le bas peuple et persécutés par la noblesse qui convoitait leurs trésors. Leurs personnes et leurs biens étaient toujours exposés, à la moindre secousse, à la fureur populaire. »

Ils devaient être poussés à la folie et au désespoir.
« Ta vie sera comme pendante devant toi, et tu seras dans l'effroi nuit et jour, et tu ne seras point assuré de ton existence. Tu diras le matin : Qui me fera voir le soir ? Et le soir tu diras : Qui me fera voir le matin ? A cause de l'effroi dont ton cœur sera rempli, et à cause de ce que tu verras de tes yeux. Et tu seras hors de toi-même pour les choses que tes yeux verront (1). Et la mort te sera plus désirable que la vie (2). » —« Après la destruction de Jérusalem par Titus, » raconte Josèphe, « quelques-uns d'entre les Juifs se réfugièrent dans la citadelle de Masada, où ils furent très-vivement poursuivis et assiégés. D'après l'avis de leur chef Eléazar, ils massacrèrent d'abord leurs femmes et leurs enfants, après quoi dix furent tirés au sort dans la masse pour tuer le reste ; un des dix fut à son tour choisi pour tuer les neuf autres. Enfin, le dernier mit le feu à la place et se poignarda de ses propres mains. Neuf cent soixante périrent de cette

(1) Deut., XXVIII, 66, 67, 34.
(2) Jér., VIII, 3.

triste manière, et, seuls, deux femmes et cinq enfants échappèrent en se cachant dans les aqueducs. »

Pendant les massacres des Juifs en Allemagne, des multitudes se barricadèrent dans leurs maisons et se précipitèrent, eux, leurs familles et leurs trésors, dans les rivières ou au milieu des flammes.

Sous le règne de Richard Ier d'Angleterre, quinze cents Juifs s'emparèrent d'une partie de la ville d'York et s'y défendirent contre ceux qui voulaient les massacrer. Assiégés, ils offrirent de capituler et de payer une rançon pour leur vie. L'offre fut repoussée. L'un d'eux s'écria, dans son désespoir, qu'il valait mieux mourir courageusement pour la loi de Dieu que de tomber entre les mains des chrétiens. Sur ce, chacun prit son couteau et poignarda sa femme et ses enfants. Les hommes se retirèrent ensuite dans le palais du roi auquel ils mirent le feu, et périrent dans les flammes.

Ils devaient feindre et servir d'autres dieux. — « Tu serviras d'autres dieux, des dieux de bois et de pierre (1). » — « Et là vous servirez jour et nuit d'autres dieux, parce que je ne vous aurai point fait de grâce (2). »

Lorsque les Israélites furent emmenés en captivité par les Assyriens, plusieurs furent incorporés

(1) Deut., XXVIII, 36.
(2) Jér., VI, 13.

à ces nations étrangères et s'adonnèrent à l'idolâtrie du pays où ils avaient été transportés. A une époque plus récente, Basnage rapporte que l'Inquisition d'Espagne et de Portugal réduisit les Juifs à choisir entre l'hypocrisie et le bûcher. Il assure que le nombre de ceux qui feignirent d'abjurer était très-grand, et qu'il ne faudrait pas conclure, de ce qu'on ne connaît pas de Juifs dans la presqu'île espagnole, qu'il n'en soit pas resté dans ce pays ; qu'ils y sont au contraire d'autant plus dangereux qu'ils sont en grand nombre, et qu'on en trouve jusque dans les rangs du clergé et même parmi les grands dignitaires ecclésiastiques. « Ce qu'il y a de plus surprenant, » ajoute-t-il, « c'est que cette religion se transmet ainsi depuis des siècles et se propage toujours secrètement de père en fils, à travers des générations d'hypocrites. En vain les grands seigneurs d'Espagne *nouent des alliances, changent de nom et reculent la date de leur blason. On sait, malgré tout, qu'ils sont de race juive et Israélites eux-mêmes. Des chefs d'ordres, la plupart des chanoines, des évêques, des inquisiteurs eux-mêmes, descendent de cette souche persécutée.* »

Le même écrivain donne la preuve qu'il y avait, dans les synagogues d'Amsterdam, des membres de bonnes familles espagnoles ou portugaises, et jusqu'à des moines franciscains, dominicains et jésuites, qui venaient faire pénitence et amende honorable pour le crime d'hypocrisie qu'ils avaient commis.

Ils devaient être une malédiction et un objet d'éton-nement, un sujet de moquerie et de proverbe parmi toutes les nations. — « Tu seras un sujet d'étonne-ment, de railleries et de fables parmi tous les peu-ples vers lesquels l'Eternel t'aura emmené (1). » — « Ils seront en exécration, en étonnement et en opprobre à toutes les nations parmi lesquelles je les aurai chassés (2). » L'accomplissement de cette remarquable prédiction, particulière au peuple juif, n'a besoin d'aucune preuve. Qui ne sait que les Juifs, dans le monde entier, sont passés en proverbe et sont demeurés longtemps l'objet du mépris universel ? Les témoignages de ce mépris se manifestaient au dehors. Dans certains pays, ces malheureux étaient astreints à porter des ceintures de cuir qui devaient les faire reconnaître ; ailleurs, c'était un morceau d'étoffe d'une couleur spéciale et portée bien en évidence ; ailleurs encore, un poids attaché à leur corps et qu'ils devaient traîner après eux. D'autres marques de dégradation leur étaient également infligées, les exposant conti-nuellement à la moquerie et à l'opprobre. Le païen, le mahométan et le chrétien, s'ils différaient essen-

(1) Deut., XXVIII, 37.
(2) Jér., XXIX, 18.

tiellement au point de vue religieux, s'accordaient cependant pour vouer le Juif à l'ignominie. Quand l'immortel Shakespeare a voulu dépeindre un caractère odieux et repoussant, il a produit Shylock, le Juif de Venise, plaidant pour couper une livre de chair à son débiteur. Hélas ! et chacun de nous peut-être n'a-t-il pas contribué sans s'en douter, par le mépris qu'il a fait des Juifs, à l'accomplissement de la prophétie ?

Le royaume de Judée devait être détruit sans que la dispersion du peuple juif pût en abolir la race.

« Cependant, lorsqu'ils seront dans le pays de leurs ennemis, je me souviendrai d'eux ; je ne les rejetterai point, et je ne les aurai point en aversion jusqu'à les consumer entièrement et à rompre l'alliance que j'ai faite avec eux ; car je suis l'Eternel, leur Dieu (1). »

« Je détruirai toutes les nations parmi lesquelles je t'aurai dispersé ; mais je ne te consumerai pas entièrement, et je te châtierai par mesure (2). » — « Je n'abolirai pas entièrement la maison de Jacob, dit l'Eternel, car je commanderai et je ferai errer la maison d'Israël parmi toutes les nations, comme le blé est remué dans un crible, sans qu'il s'en perde un seul grain (3). »

(1) Lév., XXVI, 44.
(2) Jér., XLVI, 28.
(3) Amos, IX, 8, 9.

La nation juive est semblable au buisson d'Horeb, toujours en feu, jamais consumée. Cette préservation merveilleuse du peuple d'Israël au milieu des autres peuples à travers les guerres, les famines, les massacres et les persécutions, est la preuve la plus frappante de la providence divine et l'accomplissement le plus admirable de la prophétie. Dispersés parmi toutes les nations, ils ne se sont confondus avec aucune. Mêlés avec toutes, ils sont cependant restés un peuple distinct. Malgré tous les avantages terrestres qui ont pu les engager à abandonner leur religion, ils sont restés fidèles à leur loi.

Lorsque les barbares du Nord précipitèrent leurs hordes sur le midi de l'Europe, leurs descendants se confondirent bien vite avec les autres nations, dont ils ne purent bientôt plus être distingués. Dans les contrées les plus civilisées, les marques distinctives de nationalité étrangère s'effacent rapidement par les alliances. Le Juif seul ne se fond avec personne, et depuis bien des générations il a toujours conservé les traits caractéristiques de sa race, qui le font aisément reconnaître pour fils d'Abraham.

La manière dont ils ont été gardés nous apparaîtra comme plus remarquable encore, si nous examinons quel a été le sort de leurs anciens persécuteurs. Tous ont disparu, complétement disparu. Les Egyptiens qui les dégradaient par un honteux esclavage, les Assyriens et les Babyloniens qui les emmenaient en captivité, les Macédoniens qui les traitaient avec une cruauté brutale, les Romains qui détruisirent leur capitale et leur temple et les vendirent comme esclaves dans tout l'empire, — toutes ces nations ont vu leur puissance s'anéantir sans retour.

Chose merveilleuse à penser ! tandis que ces nations conquérantes ont disparu, leurs vaincus et leurs opprimés survivent et se développent à travers le monde. Ils sont toujours une forte nation ; sans roi, sans chef, sans gouvernement et sans territoire.

En raison de leur aveuglement par rapport au vrai Messie, leurs souffrances devaient se continuer pendant de longs siècles.

« Alors l'Eternel te frappera, toi et ta postérité, de maux étranges, de plaies douloureuses, de longues et malignes maladies (1). » — « Engraisse le cœur de ce peuple et rends ses oreilles pesantes, et ferme ses yeux, de peur qu'il ne voie de ses yeux, qu'il n'entende de ses oreilles, que son cœur ne comprenne, qu'il ne se convertisse et qu'il ne recouvre la santé. Et je dis : Jusques à quand, Seigneur ? Et il répondit : Jusqu'à ce

_____

(1) Deut., XXVIII, 59.

que les villes aient été désolées, qu'il n'y ait plus d'habitants dans les maisons, que le pays soit mis dans une entière désolation, que l'Eternel ait dispersé au loin les hommes, et que le pays ait été longtemps abandonné. »

Dans l'évangile de Jean, nous trouvons cette prédiction explicitement appliquée aux Juifs : « Bien qu'il eût fait tant de miracles devant eux, ils ne crurent point en lui, de sorte que cette parole d'Esaïe le prophète fut accomplie (1). » Paul aussi fait la même allusion : « Une partie d'Israël est tombée dans l'endurcissement... jusqu'à ce que toute la multitude des Gentils soit entrée dans l'Eglise (2). » Et notre Seigneur dit : « Jérusalem sera foulée par les Gentils jusqu'à ce que les temps des Gentils soient accomplis (3). »

Le langage de Paul, dans sa seconde épître aux Corinthiens, trouve ici son application : « Leurs esprits ont été endurcis jusqu'à présent, parce que ce voile, qui n'est ôté que par Jésus-Christ, demeure lorsqu'on lit l'Ancien Testament ; et ce voile demeure même jusqu'à aujourd'hui sur leur cœur, lorsqu'on leur lit Moïse (4). » Combien l'accomplissement de cette prophétie est merveilleux ! Toutes

(1) Jean, XII, 37, 38.
(2) Rom., XI, 25.
(3) Luc, XXI, 24.
(4) 2 Cor., III, 14, 15.

14

les nations civilisées croient en Jésus-Christ, — le
Messie de qui les prophètes ont parlé. Seuls, les
Juifs, ces témoins vivants de la vérité des Ecritures,
depuis si longtemps sans chef, sans temple, et sans
sacrifice, continuent à rejeter Christ comme le
Messie. Aveuglés par leurs préjugés séculaires, ils
marchent comme à tâtons en plein midi. Depuis
dix-huit cents ans, leurs villes sont ruinées, eux-
mêmes sont errants et persécutés.

Combien de temps encore doit durer cet aveuglement? Nul ne peut le dire. Tout ce que nous
savons, c'est que ce sera « jusqu'à ce que le temps
des Gentils soit accompli. »

On pourrait signaler dans les temps actuels plus
d'un symptôme qui semblerait indiquer chez les Israélites une certaine propension à chercher la vérité.
Il est vrai qu'ils trouvent encore dans certains pays
des lois oppressives, mais ils sont dans une situation bien meilleure, partout où l'influence chrétienne tend à prévaloir. C'est ainsi qu'en Angleterre,
en France et dans presque toutes les contrées de
l'Europe, ils voient aujourd'hui leurs droits respec-
tés. Aux Etats-Unis, ils n'ont jamais trouvé d'obsta-
cles à leur liberté civile ou religieuse. Leurs intérêts
y ont toujours été sauvegardés; ils y jouissent d'une
liberté parfaite et y sont mis sur le pied de tous les
autres citoyens. C'est là assurément une nouvelle
phase dans leur histoire, et ce n'est qu'aux princi-

pes chrétiens qu'ils peuvent raisonnablement attri-
buer les changements accomplis. De là les bonnes
dispositions qu'ils ne sauraient manquer d'éprouver pour une religion qui les traite d'une manière si
favorable. Il est de fait que les Israélites vivant aux
Etats-Unis et ailleurs, mais spécialement dans les
contrées protestantes, ne parlent plus avec mépris
de la personne du Christ. Sans l'accepter comme le
Messie promis, ils le reconnaissent volontiers pour
un sage et pour un homme de bien. Le docteur Ra-
phaël, le savant et distingué rabbin de New-York,
a pu parler ainsi publiquement de Jésus-Christ : « En
ma qualité d'Israélite, je dois reconnaître que Jésus
m'apparaît comme la victime du fanatisme du peuple
et de l'ambition des prêtres, absolument comme, quatorze siècles plus tard, Jean Huss et Jérôme de Pra-
gue, Latimer et Ridley, devinrent les victimes de la
superstition populaire et de l'ambition jalouse de la
hiérarchie. Au reste, nous sommes bien loin aujourd'hui, nous autres Israélites, d'outrager le caractère ou de railler les préceptes de Jésus de
Nazareth, et nous ne voulons pas être confondus
avec les zélotes qui le combattirent. » Ajoutons,
entre autres faits intéressants, que ce même rabbin,
dans des conférences publiques données à tous indistinctement, juifs et chrétiens, a cité souvent, et
avec approbation, les enseignements de Jésus-
Christ tirés des Evangiles.

C'est ainsi également que le Dr Wheeler, rabbin
de New-Haven (Connecticut), suit régulièrement
les conférences pastorales, prenant part aux discus-
sions de leurs membres, aux prières desquels on l'a
vu même s'associer maintes fois. Il témoigne beaucoup d'intérêt pour ces assemblées et y parle toujours très-respectueusement de Jésus-Christ et de
sa doctrine. Ce sont là les signes des temps qui
nous paraissent devoir annoncer pour les ·enfants
d'Abraham l'aurore d'un jour nouveau.

*Souvent dépouillés, toujours opprimés, ils devaient
posséder les richesses des Gentils.* — « A cause de
l'iniquité de son avarice, j'ai été indigné et je l'ai
frappé (1). » « Ils jetteront leur argent par les rues
et leur or sera comme une chose souillée ; ni leur
argent, ni leur or ne les pourront délivrer au jour
de la grande colère de l'Eternel ; ils n'en rassasie-
ront point leurs âmes et n'en rempliront point leurs
entrailles, parce que leur iniquité a été leur
ruine (2)... Les navires de Tarscis, les premiers,
pour amener tes fils, des pays éloignés, avec leur
argent et leur or (3)... Vous mangerez les richesses des Gentils, et vous vous vanterez de leur
gloire (4). »

(1) Esaïe, LVII, 17.
(2) Ezéch., VII, 19.
(3) Esaïe, LX, 9.
(4) Esaïe, LXI, 6.

La cupidité des Juifs a passé en proverbe. Personne ne trouve étrange qu'un Juif demande un intérêt exorbitant. Qui ne sait que les épithètes d'usurier et de juif vont habituellement ensemble ? Nul n'ignore que les Juifs sont possesseurs de grandes richesses, qui, dans des siècles de despotisme, ont toujours amorcé la convoitise de leurs puissants ennemis. Pauvres, même de nos jours, dans leur propre pays, ils sont partout ailleurs renommés pour l'abondance de leurs biens et pour leur prospérité commerciale. Les lois des nations parmi lesquelles ils ont été dispersés leur ayant longtemps défendu de posséder des biens fonciers, les ont naturellement forcés à accumuler de l'or, de l'argent et des pierres précieuses qui ont leur valeur en tous pays. Ils ont une grande part dans les fonds publics de toutes les contrées de l'Europe. Les plus riches banquiers de l'Angleterre et du continent sont israélites. Les Rothschild et les Goldsmith possèdent des richesses assez considérables pour couvrir les emprunts négociés par les gouvernements.

Ils doivent obtenir un jour une plus grande prospérité temporelle et spirituelle. — « L'Eternel... aura compassion de toi et il te rassemblera de nouveau d'entre tous les peuples, parmi lesquels l'Eternel ton Dieu t'avait dispersé ; Il te fera du bien et te fera croître plus qu'il n'a fait croître tes pères (1)... Les

(1) Deut., XXX, 3, 5.

enfants d'Israël demeureront plusieurs jours sans roi, sans prince et sans sacrifice... Mais après cela, ils retourneront et rechercheront l'Eternel leur Dieu et David leur roi, et révéreront l'Eternel et sa bonté aux derniers jours (1)... Les fils des étrangers rebâtiront tes murailles et leurs rois seront employés à ton service ; car je t'ai frappée dans ma colère, mais j'ai eu pitié de toi dans ma bonne volonté (2)... Et ce voile demeure... sur leur cœur... mais... le voile sera ôté (3)... Ils seront encore entés ; car Dieu a le pouvoir de les enter de nouveau... et ainsi tout Israël sera sauvé (4)... Je ne violerai point mon alliance et je ne changerai rien à ce qui est sorti de mes lèvres (5). »

L'accomplissement si frappant des prédictions qui précèdent est bien de nature à nous montrer que les faveurs et les prospérités temporelles promises à ce peuple merveilleux ne sauraient manquer de s'accomplir à leur tour. Ce qu'il y a d'étonnant, c'est qu'en dépit de tous les changements survenus dans le monde pendant tant de siècles, rien ne soit arrivé qui fût de nature à rendre impossible l'accomplissement de la prophétie. Au contraire, la condi-

---

(1) Osée, III, 4, 5.
(2) Esaïe, LX, 10.
(3) 2 Cor., III, 15, 16.
(4) Rom., XI, 23, 26.
(5) Ps. LXXXIX, 34.

tion actuelle des juifs et des chrétiens le rend plus facile encore, grâce aux moyens de communications qu'on a de nos jours. Lorsque les prophéties relatives à la conversion s'accompliront à leur tour, tous les peuples salueront ce merveilleux événement comme l'avant-coureur du triomphe universel de l'Evangile.

De quelle manière, à quel moment et par quelle influence s'accompliront-elles ? Nous l'ignorons. Une fois la prophétie accomplie, les faits ressortent d'eux-mêmes comme autant de preuves de sa certitude. La prophétie avant son accomplissement, c'est la colonne de fumée dans le désert : quoique obscure, elle conduisait le peuple de Dieu. Justifiée par l'événement, elle devient la colonne lumineuse. Que le règne terrestre de Christ se réalise ou non, que les Israélites retournent en Palestine, ou continuent à vivre dans d'autres pays, peu nous importe. Les opinions là-dessus peuvent différer. Ce qui est certain, c'est que des bénédictions nombreuses attendent les enfants d'Abraham, bénédictions qui ne les enrichiront pas seulement eux-mêmes, mais deviendront également pour les Gentils, comme « une résurrection d'entre les morts (1). »

Cette période de la dispersion, qui s'est prolongée pendant dix-sept siècles, a été caractérisée par

---

(1) Rom., XI, 15.

des souffrances inouïes , un martyre continuel et des humiliations toujours croissantes.

Comme les migrations des Juifs étaient forcées et non volontaires , l'histoire juive de cette période a le monde entier pour théâtre et s'étend du nord au sud, de l'est à l'ouest, et jusqu'aux points les plus reculés de la terre. A voyager ainsi, on finit par acquérir de l'expérience ; c'est ainsi que la continuité de ses souffrances ouvrit au peuple juif de nouveaux et plus larges horizons. Il devint un peuple cosmopolite qui, n'étant définitivement fixé nulle part, se trouva partout chez lui. Qui donc a empêché ce peuple constamment en marche , ce véritable Juif errant, de dégénérer en peuplades vagabondes , en hordes de bohémiens indisciplinés ? — La réponse est facile. Dans son voyage de dix-huit siècles, le peuple juif n'a jamais cessé de porter avec lui cette arche de l'alliance divine qui versait dans son cœur, en dépit des humiliations de l'heure présente, les gloires idéales et les joies anticipées du relèvement. Le Juif proscrit, mis hors la loi et persécuté, dut éprouver une noble fierté de se voir choisi pour perpétuer sur la terre une religion qui porte avec elle comme un reflet de l'éternité, et de laquelle doit sortir un jour le salut et la rédemption du monde. La conscience de son glorieux apostolat le soutint au milieu de ses souffrances, et entoura ces souffrances elles-mêmes comme de l'auréole du martyre.

Un peuple qui dédaigne le présent pour porter ainsi sur l'avenir un regard empreint d'une sérénité confiante est un peuple qui ne saurait périr : il est éternel comme l'espérance.

Plus nos frères israélites étudieront leur propre histoire dans leurs propres documents, les prophéties éclairées par la lumière de l'Evangile, plus la conviction de la vérité du christianisme doit s'imposer à eux. Combien l'évidence sera grande, lorsque le voile qui couvre aujourd'hui leurs yeux sera ôté, et qu'en lisant dans Moïse ce qui concerne Christ, ils apprendront à saluer dans Jésus de Nazareth le Rédempteur de leurs âmes! Quelle sera, devant ce spectacle, l'attitude du monde incrédule? En voyant le Juif depuis si longtemps déshérité se tourner en pleurant vers son Sauveur, ne sera-t-il pas contraint de confesser la fidélité de Dieu dans sa Parole? Que dis-je? Juifs et gentils adoreront ensemble le Fils et le Père, et cette conversion des Juifs deviendra vraiment pour les gentils comme « une résurrection d'entre les morts. »

L'existence du peuple juif est un argument sans réplique en faveur de la vérité des Ecritures. Regardez-le. Où trouve-t-on une histoire semblable à la sienne? Lisez les prophètes, puis lisez les historiens, les historiens juifs comme ceux des autres nations, et vous verrez, en ce qui concerne ce peuple, éclater entre les uns et les autres une admirable unité. Vivants, ils sont comme morts, et morts, ils survivent. Ecrasés, ils dominent tout. Percés de coups, ils apparaissent sans blessures ; ces mendiants manient les richesses des nations. Ils sont sans nom et ils dominent dans les conseils des rois. Ils sont sans patrie et ils habitent toutes les contrées du monde ; décimés par l'épée, l'esclavage ou la famine, ils sont impérissables, et leur postérité est aussi nombreuse que les étoiles du ciel. Telles sont, dans la prophétie comme dans l'histoire, les destinées de ce peuple merveilleux. Dispersés comme ils le sont dans le monde entier, ils sont devenus, aux yeux de toutes les nations, le monument impérissable de l'inspiration des Ecritures. Que dis-je ? ils sont plus que cela, et on pourrait les appeler la preuve vivante, quoique involontaire, de la vérité du christianisme et de la divinité de Celui que leurs pères ont crucifié.

Quiconque lit sans parti pris ce que dit la Bible des Israélites, et rapproche de ces déclarations les témoignages de l'histoire, est donc, disons-nous, forcé d'admettre la divine inspiration des Ecritures. Mais quoi ! si les déclarations scripturaires sont vraies par rapport au peuple juif, ne le sont-elles pas par rapport à nous ? L'accomplissement des prophéties concernant ce peuple doit évidemment nous garantir l'accomplissement de toutes les autres prophéties. Les hommes peuvent négliger impunément les vérités de l'histoire, de la science ou de la philosophie, tandis que si nous négligeons la grande vérité du salut révélée dans l'Ecriture, il y va de nos intérêts éternels. Car, dit le Seigneur, « la parole que j'ai annoncée, c'est elle qui vous jugera au dernier jour (1). »

Dieu a fait de la nation juive une sorte de nation-type dans l'histoire de laquelle les autres peuples peuvent apprendre les principes de son gouvernement moral. Il se sert de ce peuple pour nous montrer que nous sommes comme des instruments dans sa main puissante. « Qui a livré Jacob au pillage ? qui a fait d'Israël la proie de ses ennemis ? » dit le prophète. Et sa réponse est frappante. « N'est-ce pas l'Eternel, celui contre qui nous avons péché ? Car on n'a point voulu marcher dans ses voies, et l'on n'a point écouté sa loi (2). — Maison d'Israël, » dit à son tour le prophète Jérémie, « ne pourrai-je pas faire de vous comme a fait ce potier ? dit l'Eternel. Voici, comme l'argile est dans la main d'un potier, ainsi êtes-vous dans la mienne, maison d'Israël... Voici, je vous prépare du mal et je forme un dessein contre vous. Détournez-vous donc maintenant de votre mauvais train, et amendez votre voie et vos actions (3). » Il dit encore : « Plusieurs

(1) Jean, XII, 48.
(2) Esaïe, XLII, 24.
(3) Jérémie, XVIII, 6, 11.

nations passeront auprès de cette ville, et chacun dira à son compagnon : Pourquoi l'Eternel a-t-il ainsi fait à cette grande cité ? Et on dira : Parce qu'ils ont abandonné l'alliance de l'Eternel leur Dieu et qu'ils se sont prosternés devant d'autres dieux et les ont servis (1). »

Les historiens de nos jours expliquent la chute des nations par des causes naturelles. La vraie cause est bien plus profonde. Quant aux causes naturelles et visibles, elles ne sont que des instruments dont Dieu se sert pour arriver à ses fins ; aussi l'historien qui ne remonte pas jusqu'à la cause première n'a-t-il pas même entrevu la vérité.

C'est ainsi que le châtiment infligé aux Juifs devient une leçon pour tous les peuples.

Une question se pose naturellement ici : Pourquoi Dieu a-t-il si sévèrement traité les Juifs, tandis qu'il n'a déployé la même sévérité vis-à-vis d'aucun autre peuple ? Au temps de Noé, la destruction du monde coupable fut subite. Lorsque Sodome et Gomorrhe durent être détruites, le feu du ciel en eut bientôt raison. Lorsque Babylone et Ninive, Tyr et la Rome des Césars furent frappées de Dieu, la grâce ne se sépara point du jugement. Pourquoi cette différence entre ces villes et Jérusalem ? Christ a nettement posé le principe qui la justifie : « Alors

(1) Jérémie, XXII, 8, 9.

il se mit à faire des reproches aux villes où il avait fait plusieurs de ses miracles, de ce qu'elles ne s'étaient point amendées : Malheur à toi, Corazin! Malheur à toi, Bethsaïda! car si les miracles qui ont été faits au milieu de vous eussent été faits à Tyr ou à Sidon, il y a longtemps qu'elles se seraient repenties en prenant le sac et la cendre. C'est pourquoi je vous dis que Tyr et Sidon seront traitées moins rigoureusement, au jour du jugement, que vous. Et toi, Capernaüm, qui as été élevée jusqu'au ciel, tu seras abaissée jusqu'en enfer; car si les miracles qui ont été faits au milieu de toi eussent été faits à Sodome, elle subsisterait encore aujourd'hui. C'est pourquoi je te dis que ceux de Sodome seront traités moins rigoureusement, au jour du jugement, que toi (1). »

Telle est la règle divine; les hommes sont responsables en proportion des avantages qu'ils ont reçus. La sévérité du jugement prononcé contre eux sera donc en raison directe de leurs priviléges. N'oublions pas que les avantages accordés au peuple juif n'ont été accordés à aucun autre peuple. L'alliance de Dieu leur fut assurée, des promesses de prospérité temporelle leur furent faites aussi longtemps qu'ils demeureraient fidèles à la loi de Dieu; mais ils étaient menacés, en cas de révolte,

(1) Matth., XI, 20-24.

des plus sévères châtiments. Après les avoir établis
dans la terre promise, Dieu chargea ses prophètes
de leur révéler sa volonté, de les reprendre de leur
désobéissance, ou de leur annoncer, s'ils se repen-
taient, le retour de sa faveur. Il leur donna la connaissance du vrai Dieu et les fit dépositaires de sa
loi. Sa providence veilla toujours sur eux ; ils furent
toujours l'objet de ses soins constants. Après avoir
reçu la connaissance du vrai Dieu et le dépôt de sa
Parole, ils n'en étaient que plus coupables lorsqu'ils péchaient. Aussi la sévérité de Dieu envers
eux était-elle juste et méritée.

Mais pourquoi le châtiment devait-il tomber sur
cette génération ? C'est qu'en raison même des priviléges reçus, les péchés d'Israël ne firent qu'augmenter de siècle en siècle. Les contemporains de
Jésus ne firent qu'approuver les péchés de leurs
pères, quand ils auraient dû les condamner. « Vous
témoignez suffisamment, » leur dit le Seigneur, « que
vous consentez aux actions de vos pères ; car ils
ont fait mourir les prophètes, et vous bâtissez leurs
tombeaux. C'est pourquoi voici, je vous envoie
des prophètes, des sages et des scribes ; vous
ferez mourir et vous crucifierez les uns ; vous ferez
fouetter les autres dans vos synagogues, et vous les
persécuterez de ville en ville ; afin que tout le sang
innocent qui a été répandu sur la terre retombe sur
vous, depuis le sang d'Abel le juste jusqu'au sang

de Zacharie, fils de Barachias, que vous avec tué en- tre le temple et l'autel: Je vous dis en vérité, que toutes ces choses viendront sur cette génération (1). » Dieu les a supportés pendant des siècles, — tous les moyens efficaces pour leur amendement ont été employés; mais ils s'endurcissent toujours plus, jusqu'à ce qu'enfin la coupe de leur iniquité dé- borde. La patience de Dieu fait alors place à sa justice, et le Sauveur termine cet exposé des péchés d'Israël accumulés de génération en génération par cette lamentation mémorable : « Jérusalem, Jérusa- lem, qui tues les prophètes et qui lapides ceux qui te sont envoyés, combien de fois ai-je voulu ras- sembler tes enfants comme une poule rassemble ses poussins sous ses ailes, et vous ne l'avez pas voulu ! Voici, votre demeure va devenir déserte (2). »

Ils ont résisté au témoignage que Christ donna de sa mission messianique ; ils attribuèrent ses mi- racles à des influences infernales ; ils le rejetèrent avec obstination ; ils le haïrent d'une haine violente et décidèrent de le faire mourir sur la croix. L'alliance que Dieu avait faite avec eux fut donc abandonnée pour un temps et la protection divine ne les couvrit plus de son bouclier : « Voici, j'amè- nerai sur vous une épée qui vengera le mépris de

(1) Luc, XI, 48-51.
(2) Matth., XXIII, 34-38.

mon alliance. » — Comment le vengera-t-elle? La
suite du passage nous le dit : « Et lorsque vous serez rassemblés dans vos villes, j'enverrai la peste
parmi vous et vous serez livrés aux mains de vos
ennemis. » Le Sauveur savait que le temps de venger « le mépris de l'alliance » était proche lorsqu'il
pleura sur Jérusalem en disant : « Oh! si tu avais
connu, au moins en ce jour qui t'est donné, les
choses qui concernent ta paix! mais maintenant
elles sont cachées à tes yeux (1). »

On s'est souvent demandé pourquoi notre terre,
que Dieu a faite si belle ; est le théâtre de tant de
souffrances? Comment cet état de choses peut-il se
concilier avec la bonté de Dieu? C'est à quoi il ne
nous est pas possible de répondre aussi longtemps
que nous ne serons pas placés dans un milieu plus
favorable à l'intelligence des lois éternelles du gouvernement divin. Ici-bas nous voyons confusément
et comme dans un miroir. Un temps viendra où
nous serons rendus plus capables d'apprécier les ré-
sultats de dispensations qui nous paraissent ici-bas
mystérieuses, et où nous comprendrons que toute
la souffrance qui nous scandalise n'avait rien d'in-
compatible avec la bonté de Dieu. Déjà dès ici-bas
ne voyons-nous pas, sous l'égide de lois protectrices, la justice humaine protéger les gens de bien

(1) Luc, XIX, 42.

en frappant les méchants? Si donc cette œuvre de justice, qui est tout ensemble une œuvre de protection et d'amour, s'accomplit déjà sur la terre, dans la société des hommes faillibles et sous le régime de nos lois imparfaites, combien mieux doit-elle se réaliser encore dans les mains de ce Dieu qui ne se trompe jamais!

Souvenons-nous d'ailleurs que ce monde n'est qu'un point dans l'immensité de l'univers, que les créatures qui l'habitent depuis que Dieu l'a fait sortir du néant sont à peine comme des atomes auprès de la multitude des êtres intelligents et responsables que ce même Dieu a appelés à l'existence, et que nous ne saurions apprécier à notre point de vue exclusif les dispensations divines sans préjuger les plans de Dieu, qui n'avait pas seulement en vue le bonheur au point de vue de notre humanité restreinte, mais l'éternelle harmonie de sa justice et de son amour dans l'immensité de l'univers. Pour les créatures supérieures à l'homme, il ne saurait y avoir le moindre doute sur la nature hideuse du péché et sur l'intégrité des droits de Dieu, dont la sagesse et la bonté tout ensemble réclament le châtiment du pécheur. D'ailleurs, quand arrivera la fin et que le peuple des rachetés sera recueili dans le séjour de l'éternelle béatitude, alors on découvrira que « là où le péché a abondé, la grâce a surabondé, » et que la punition des méchants, en faisant éclater l'horreur

du péché, n'a fait que glorifier le don de Dieu ac-
quis par la foi dans le sang de l'Agneau offert pour
les péchés « dès la fondation du monde » (Matth.,
XXV, 34).

Mais que dire de ceux (ils sont nombreux de nos
jours) qui, sous prétexte de glorifier la bonté de
Dieu, la transforment en faiblesse, comme si Dieu
n'avait pas à affirmer les droits de sa justice, de
cette justice éternelle que font si admirablement
ressortir les faits historiques que nous venons de
raconter ? A qui s'applique la bonté de Dieu, si ce
n'est, dans son sens strict, à ceux qui sont entrés
dans son alliance, à ceux qui ont reçu l'Esprit
d'adoption, qui peuvent dire : « Abba, Père,... et
qui sont, à ce titre, enfants de Dieu, et, par conséquent, héritiers de Dieu, et cohéritiers de
Christ (1) ? »

Pour eux, l'alliance divine est éternelle et ne saurait être violée. Mais ce n'est point aux méchants,
ce n'est point à ceux à qui le Seigneur a pu dire :
« Le père dont vous êtes issus c'est le diable (2), »
ce n'est point à ceux qui sont appelés dans l'Ecriture « enfants du Malin » que ce privilége pourrait
jamais appartenir. La distance morale qui les sépare
de Dieu ne leur permet plus de s'appeler ses en-

(1) Rom., VIII, 14, 17.
(2) Jean, VIII, 44.

fants. Ils ont choisi leur part parmi ses ennemis et doivent s'attendre à la terrible sentence : « Retirez-vous de moi, maudits, et allez dans le feu éternel, qui est préparé au diable et à ses anges (1). » Le châtiment qui fondit sur la ville impie et impénitente suffit à nous prouver, déjà dès ce monde, que ce n'est pas là une menace vide de sens.

Hors de Christ, il n'y a d'espoir de salut pour aucune créature humaine. Par lui seul nous pouvons échapper aux suites de la malédiction du péché, malédiction plus terrible encore que celle qui fut prononcée sur Jérusalem. Par Christ, mort et ressuscité, par ce Souverain sacrificateur qui intercède pour nous auprès du Père, et par Lui seulement, nous pouvons échapper à la condamnation et nous élever jusqu'à la possession du bonheur éternel.

« Rendez hommage au Fils, de peur qu'il ne se courrouce et que vous ne périssiez dans cette voie, quand s'embrasera sa colère. Oh ! qu'heureux sont tous ceux qui se retirent vers lui (2) ! »

(1) Matth., XXV, 41.
(2) Ps. II, 12.

FIN.

TABLE

EXTRAIT DU CATALOGUE

DE LA

SOCIÉTÉ DES LIVRES RELIGIEUX

DE TOULOUSE.

———

Guide biblique, ou harmonie et commentaire pratique et populaire de l'Ancien et du Nouveau Testament, à l'usage des évangélistes, des instituteurs, des pères de famille et des écoles, avec cartes, d'après le manuel d'éclaircissement sur la Bible de la Société de Calw ; par S. Descombaz, pasteur. 3 vol. in-8, ensemble 1743 pages.   12 »

Manuel de la Bible (le), introduction à l'étude de l'Ecriture sainte, par le docteur Joseph Angus, membre de la Société royale asiatique de Londres, traduit de l'anglais par J.-Augustin Bost et Emile Rochedieu, pasteurs à Sedan, 1 vol. grand in-8 de 664 pages.   4 »

De la date de nos Evangiles, ou réponse à cette question : Quand est-ce que nos Evangiles ont été composés? par Constantin Tischendorf. 2ᵉ édit. 1 vol. in-12 de 284 pages.   » 90

Parole de Dieu écrite (la), exposition et démonstration de la doctrine des Ecritures, par Ed. Garbett, M. A., traduit par L. Burnier et accompagné d'une préface et de notes du traducteur. Un vol. in-12 de 467 pages.   1 50

Personne de Jésus-Christ (la), le miracle de l'histoire, suivi d'une réfutation de fausses théories à ce sujet, et d'un recueil de témoignages des incrédules, par le professeur Schaff, docteur en théologie, traduit de l'allemand par M. Sardinoux. 1 vol. in-8 de 268 pag.   1 50

Prophéties et leur accomplissement littéral (les), tel qu'il résulte surtout de l'histoire des peuples et des découvertes des voyageurs modernes, par le Dr A. Keith. 1 vol. in-12 de 356 pages, orné de gravures (prix baissé).

1 »

Résurrection de Jésus-Christ (la), sa vérité et son importance, par E.-L. Pruvot, pasteur. Ouvrage couronné. 1 vol. in-8 de 488 pages (prix baissé).   3 »

Méditations sur la vie de N.-S. J.-C., par Mme de Witt née Guizot. 1 vol. in-8 de 438 pages.   2 50

Leçons de la vie dans l'Ecriture sainte (les), petites méditations chrétiennes, par Mme Guizot de Witt. 1 vol. in-8 de 400 pages.   3 »

www.ingramcontent.com/pod-product-compliance
Lightning Source LLC
Chambersburg PA
CBHW061452030726
47503CB00005B/1674